Five Nights at Freddy's
PAVORES DE FAZBEAR 1

MERGULHO NA ESCURIDÃO

SCOTT CAWTHON
ELLEY COOPER

Tradução de Jana Bianchi

Copyright © 2020 by Scott Cawthon. Todos os direitos reservados.

Os versos de Elizabeth Barret Browning, na página 155, são de tradução de Leonardo Fróes, Rocco, 2012.

TÍTULO ORIGINAL
Into the Pit

REVISÃO
Marcela Ramos

DIAGRAMAÇÃO
Julio Moreira | Equatorium Design

DESIGN DE CAPA
Betsy Peterschmidt

ARTE DE CAPA
LadyFiszi

ADAPTAÇÃO DE CAPA
Lázaro Mendes

VINHETA ESTÁTICA DE TV
© Klikk / Dreamstime

CIP-BRASIL. CATALOGAÇÃO NA PUBLICAÇÃO
SINDICATO NACIONAL DOS EDITORES DE LIVROS, RJ

C376m
    Cawthon, Scott, 1978-
      Mergulho na escuridão / Scott Cawthon, Elley Cooper ; tradução Jana Bianchi. - 1. ed. - Rio de Janeiro : Intrínseca, 2024.
      192 p. ; 21 cm. (Five nights at Freddy's : pavores de fazbear ; 1)

      Tradução de: Into the pit
      ISBN 978-85-510-0680-1

      1. Contos americanos. I. Cooper, Elley. II. Bianchi, Jana. III. Título. IV. Série.

24-87794   CDD: 813
                            CDU: 82-34(73)

Meri Gleice Rodrigues de Souza - Bibliotecária - CRB-7/6439

[2024]
Todos os direitos desta edição reservados à
EDITORA INTRÍNSECA LTDA.
Av. das Américas, 500, bloco 12, sala 303
22640-904 – Barra da Tijuca
Rio de Janeiro – RJ
Tel./Fax: (21) 3206-7400
www.intrinseca.com.br

SUMÁRIO

Mergulho na escuridão · 7
Ser bonita · · · · · · 67
Contar os modos · · · 131

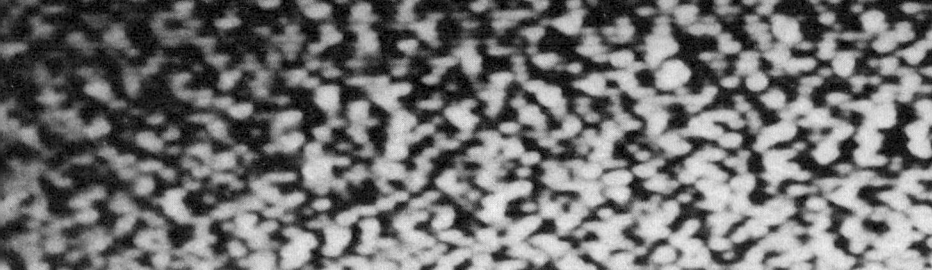

MERGULHO NA ESCURIDÃO

— O gambá morto continua lá — comentou Oswald.

Pela janela do passageiro, ele fitava o cadáver peludo e cinzento esparramado ao lado da estrada. O bicho parecia ainda mais morto que na véspera. As chuvas da noite anterior também não tinham ajudado.

— Nada parece mais morto que um gambá morto — disse o pai de Oswald.

— Só esta cidade — murmurou o garoto, olhando para as fachadas e vitrines fechadas com tábuas. Os mostruários não mostravam nada além de pó.

— O que você disse? — perguntou o pai.

Ele já estava vestindo o colete vermelho ridículo que era obrigado a usar para trabalhar no balcão da delicatéssen Lanche Legal. Oswald gostaria que ele só colocasse o colete depois de deixá-lo na escola.

— Esta cidade — repetiu Oswald, mais alto. — Esta cidade parece mais morta que um gambá morto.

O pai riu.

— Bom, taí uma verdade que não dá para negar.

Três anos antes, quando Oswald tinha sete anos, até havia o que fazer por ali: um cinema, uma loja de jogos e uma sorveteria com casquinhas deliciosas. Só que a usina siderúrgica tinha fechado. A usina era basicamente a única razão para a cidade existir. O pai de Oswald perdera o emprego, assim como pais e mães de centenas de outras crianças. Várias famílias haviam se mudado para longe — inclusive a do melhor amigo de Oswald, Ben.

Já a do garoto ficara porque a mãe tinha um emprego estável no hospital e eles não queriam morar longe da avó. O pai acabara conseguindo um trabalho de meio período no Lanche Legal, que pagava cinco dólares por hora a menos do que ele recebia na usina. Então, Oswald assistia ao declínio da cidade. Os comércios tinham fechado um após o outro, como um corpo moribundo tendo falência múltipla dos órgãos, porque ninguém mais tinha dinheiro para filmes ou jogos ou casquinhas deliciosas.

— E aí, empolgado com o último dia de aula? — perguntou o pai.

Era uma das perguntas que adultos sempre faziam, tipo "Como foi seu dia?" e "Já escovou os dentes?".

— Acho que sim — respondeu Oswald, dando de ombros. — Mas não tem nada para fazer agora que o Ben foi embora. A escola é um saco, mas ficar em casa é um saco também.

— Quando eu tinha uns dez anos, só voltava para casa nas férias depois que me chamavam para jantar — relembrou o pai. — Eu andava de bicicleta, jogava beisebol e me metia em todo tipo de confusão.

— Está dizendo que eu deveria me meter em confusão?

— Não, estou dizendo que deveria *se divertir* — disse o pai, se juntando à fila de carros que paravam diante do Colégio Westbrook para deixar os alunos.

Se divertir. Ele falava como se fosse tão fácil…

Oswald passou pelos portões da escola e deu de cara com Dylan Cooper, a última pessoa que queria ver. Mas aparentemente Oswald era a primeira pessoa que Dylan queria ver, porque o garoto abriu um sorriso imenso. Dylan era o menino mais alto do sexto ano e gostava de se agigantar diante de suas vítimas.

— Olha aí se não é Oswald, a Oncinha! — exclamou ele, o sorriso ficando ainda mais largo.

— Você não cansa dessa piada, hein? — retrucou Oswald, passando por Dylan e ficando aliviado quando viu que o valentão não o seguira.

Quando Oswald e os colegas eram mais novos, um dos canais infantis passava um desenho animado com uma oncinha cor-de-rosa chamada Oswald. Por causa disso, Dylan e seus amigos começaram a chamar o garoto de "Oswald, a Oncinha" no primeiro dia do jardim de infância e nunca mais pararam. Dylan era o tipo de criança que implicava com qualquer coisa diferente. Se não tivesse sido o nome de Oswald, teriam sido suas sardas ou sua franja.

Os apelidos tinham piorado naquele ano porque, na aula de história dos Estados Unidos, haviam aprendido que o homem que atirara em John F. Kennedy se chamava Lee Harvey Oswald. Oswald preferia ser uma oncinha a um assassino.

Como aquele era o último dia de aula, ninguém sequer tentou ensinar ou aprender alguma coisa. A sra. Meecham anunciara no dia anterior que os alunos poderiam trazer aparelhos eletrônicos, contanto que assumissem a responsabilidade caso algum item fosse perdido ou quebrado. Isso significava que não haveria qualquer atividade educacional.

Oswald não tinha aparelhos eletrônicos modernos. Até havia um notebook em casa, mas a família inteira o dividia, e o garoto não tinha autorização de levá-lo para a escola. Ele também tinha um celular, mas era o modelo mais lamentável e desatualizado da face da Terra, e ele jamais pegaria aquele telefone patético em público, porque qualquer pessoa que o visse tiraria sarro. Assim, enquanto outros alunos jogavam nos tablets ou consoles portáteis, Oswald esperava o dia passar.

Quando ficar sem fazer nada se tornou insuportável, ele pegou um caderno e um lápis e começou a desenhar. Não era o melhor artista do mundo, mas conseguia criar imagens identificáveis e gostava do estilo cartunesco do seu traço. O melhor de desenhar, porém, era que dava para mergulhar na atividade. Era como se Oswald entrasse no papel e virasse parte da cena que estava criando; um escapismo muito bem-vindo.

Ele não sabia o motivo, mas andava desenhando vários animais mecânicos: ursos, coelhos e pássaros. Imaginava as criaturas em tamanho humano, se movendo com os sacolejos dos robôs de filmes antigos de ficção científica. Eram peludas por fora, mas a pelagem cobria um esqueleto de metal rígido com engrenagens e circuitos elétricos. Às vezes, ele desenhava os animais com todo o esqueleto metálico exposto ou com a pelagem falhada, revelando parte do mecanismo interno. Isso criava um efeito meio assustador, como ver o crânio de alguém por baixo da pele.

Oswald estava tão imerso nos desenhos que tomou um susto quando a sra. Meecham apagou as luzes para passar um filme. Filmes pareciam ser o último ato de desespero dos professores no dia antes das férias: uma forma de manter as crianças consideravelmente quietas por uma hora e meia antes de liberá-las para o verão. Na opinião de Oswald, o filme que a sra. Meecham escolhera era infantil demais para uma turma de sexto ano. Era sobre uma fazenda com animais falantes, e ele já havia assistido, mas assistiu de novo — afinal de contas, o que mais tinha para fazer?

No recreio, os alunos ficaram jogando uma bola de um lado para o outro enquanto conversavam sobre o que iam fazer nas férias.

—Vou para um acampamento de futebol.

—Vou para um acampamento de basquete.

—Vou curtir a piscina do clube do meu bairro.

—Vou visitar os meus avós na Flórida.

Oswald ficou sentado num banco, só escutando. Para ele, não haveria acampamentos, clubes com piscina nem viagens, porque sua família não tinha dinheiro. Ele só desenharia, jogaria os velhos videogames que já havia zerado mil vezes e talvez ficasse um pouco na biblioteca.

Se Ben ainda morasse lá, tudo seria diferente. Mesmo que restassem apenas as mesmas coisas de sempre, os dois passariam o tempo juntos. E Ben sempre fazia Oswald rir, zoando personagens de videogame ou imitando igualzinho algum professor da escola. Os dois se divertiam com qualquer coisa. Mas agora Oswald tinha pela frente um verão inteiro sem Ben, imenso e vazio.

Na maioria dos dias, a mãe de Oswald trabalhava do meio-dia à meia-noite, então era o pai que fazia o jantar. Em geral, comiam comida congelada, como lasanha ou torta de frango, ou então frios e salada de batata da delicatéssen em que o pai trabalhava, itens que ainda dava para comer mas não para vender. Quando o pai cozinhava, geralmente eram coisas que só envolviam ferver água.

Enquanto o pai preparava o jantar, a função de Oswald era alimentar Jinx, a gata preta mimada da família. Para o garoto, abrir a lata de comida fedida de gato exigia a mesma habilidade culinária que os jantares do pai.

Naquela noite, os dois se sentaram diante de pratos de macarrão com molho de queijo de caixinha e um pouco de milho enlatado que o pai tinha aquecido rapidinho no micro-ondas. Era uma refeição bem amarela.

— Então, eu estava pensando... — começou o pai, enchendo o macarrão de ketchup (*Por que ele faz isso?*, pensou Oswald). — Sei que você já é grandinho o bastante para ficar em casa sozinho, mas não gosto da ideia de te deixar sem companhia o dia inteiro enquanto sua mãe e eu trabalhamos. Então você podia pegar uma carona comigo de manhã para eu te deixar na biblioteca. Que tal? Lá você pode ler, navegar na internet...

Oswald não podia deixar aquela passar. O pai dizia umas coisas tão vergonhosas.

— Ninguém mais fala "navegar na internet", pai.

— Fala sim, ué... Acabei de falar. — Ele abocanhou uma garfada de macarrão. — *Enfim*, acho que você podia passar as manhãs na biblioteca. Quando ficar com fome, pode ir até a Pizzaria Jeff's comprar uma fatia e um refri, e depois te pego quando meu turno acabar, às três.

Oswald considerou a ideia por um instante. A Pizzaria Jeff's era meio esquisita. Não suja, mas caindo aos pedaços. O vinil dos assentos tinha sido remendado com fita adesiva, e algumas letras de plástico haviam caído do cardápio acima do balcão. Os sabores agora incluíam *pep eron* e *cala resa*. Era nítido que a pizzaria já tinha sido muito maior e melhor. Havia vários metros de espaço sem uso e diversas tomadas inúteis nas paredes. Além disso, num canto do salão tinha um pequeno palco, onde ninguém se apresentava — nem mesmo em noites de karaokê.

Era um estabelecimento estranho: triste e muito diferente de antigamente, como o resto da cidade.

Dito isso, a pizza até que era boa... e, mais importante, era a única que dava para comer na cidade além das pizzas congeladas da Lanche Legal. Os poucos bons restaurantes locais, incluindo a Pizzaria Gino's e a Pizzaria Marco's (que, ao contrário da Jeff's, tinham pizzaiolos com nomes autênticos) haviam fechado logo depois que a usina encerrou as atividades.

— Então você vai me dar dinheiro para a pizza? — perguntou Oswald.

Desde que o pai perdera o emprego, a mesada de Oswald tinha sido reduzida a quase nada.

O pai sorriu. Um sorriso meio triste, pensou o garoto.

— Filho, a gente está apertado de grana, mas não a ponto de não ter três e cinquenta para uma fatia de pizza e um refri por dia.

— Então beleza — respondeu Oswald.

Era difícil recusar uma pizza cheia de queijo quentinho e derretido.

Como não tinha aula no dia seguinte (e não teria por um bom tempo), Oswald ficou acordado até tarde, assistindo a um velho filme de monstro japonês, com Jinx ronronando em seu colo. Oswald já tinha visto vários filmes B de terror japonês, mas aquele — *Zendrelix vs. Mechazendrelix* — era novo para ele. Como sempre, Zendrelix era uma espécie de dragão imenso, mas Mechazendrelix lembrava os animais mecânicos sem pelagem que Oswald desenhava. Ele morreu de rir dos efeitos especiais — o trem que Zendrelix destruía era claramente um brinquedo — e de como os movimentos labiais dos atores não batiam com a dublagem em inglês. Ainda assim, Oswald se pegou torcendo por Zendrelix. Mesmo que o dragão fosse só um cara com uma fantasia de borracha, conseguia exibir muita personalidade.

Mais tarde, na cama, o garoto tentou listar as coisas boas em sua vida. Ben não estava mais lá, mas ainda havia os filmes de monstro, a biblioteca e as fatias de pizza no almoço. Era melhor do que nada, mas não seria suficiente para ocupar todo o verão. *Por favor*, desejou ele, de olhos bem fechados. *Por favor, que alguma coisa interessante aconteça.*

Oswald acordou sentindo o aroma de café e bacon. Não fazia questão do café, mas o cheiro do bacon estava maravilhoso. Tomar café da manhã significava passar um tempinho com a mãe. Em geral, era a única oportunidade de estarem juntos durante a semana. Após uma parada necessária no banheiro, ele disparou pelo corredor em direção à cozinha.

— Olha só! Meu quase aluno do sétimo ano acordou! — exclamou a mãe de Oswald.

Ela estava parada diante do fogão, usando seu roupão rosa felpudo, com o cabelo loiro preso num rabo de cavalo, virando na frigideira... Eram panquecas? Nham.

— Oi, mãe.

Ela abriu os braços e anunciou:

— Exijo um abraço de bom-dia.

Oswald suspirou como se estivesse de saco cheio, mas deu o abraço. Que engraçado... Para o pai, ele sempre dizia que já estava crescido demais para abraços, mas nunca recusava os afagos da mãe. Talvez fosse porque quase não a via, enquanto passava tanto tempo com o pai que às vezes davam nos nervos um do outro.

O garoto sabia que a mãe se sentia mal por ter que trabalhar tanto e que morria de saudade dele — mas também sabia que, como o emprego do pai na Lanche Legal era de meio período, os plantões da mãe eram responsáveis por pagar boa parte das contas. Ela sempre dizia que a vida adulta era uma batalha entre tempo e dinheiro: quanto mais dinheiro se ganhava para cobrir o custo de vida, menos tempo se tinha para passar com a família. Era um equilíbrio complicado.

Oswald se sentou à mesa da cozinha e agradeceu quando a mãe serviu suco de laranja para ele.

— Primeiro dia das férias de verão, hein? — comentou ela, voltando para o fogão e pegando uma panqueca com a espátula.

— Aham.

O garoto provavelmente deveria tentar parecer mais entusiasmado, mas não conseguiu reunir energia para isso.

Ela colocou a panqueca no prato do filho e depois acrescentou duas fatias de bacon.

— Não é a mesma coisa sem o Ben, né? — perguntou a mãe.

Oswald negou com a cabeça. Não queria chorar.

A mãe bagunçou o cabelo dele.

— Eu sei. É uma pena. Mas, ei, quem sabe um amigo novo se mude para a cidade?

Ele encarou a expressão esperançosa da mãe e disparou:

— Por que alguém viria para cá?

— Certo — disse ela, empilhando outra panqueca sobre a primeira. — Nunca se sabe. Ou talvez já tenha alguém legal morando aqui. Alguém que você ainda nem conhece.

— Talvez, mas duvido. Ah, as panquecas estão uma delícia.

A mãe bagunçou o cabelo dele de novo.

— Bom, é uma das minhas especialidades. Quer mais bacon? Se quiser, melhor pegar antes que seu pai chegue e devore tudo.

— Quero, sim.

Era uma regra pessoal de Oswald nunca recusar bacon.

A biblioteca até que era divertida. Ele encontrou o novo livro de uma série de ficção científica de que gostava e um mangá que parecia interessante. Como sempre, precisou esperar um tempão para usar os computadores porque estavam ocupados por pessoas que não tinham onde ficar, homens com barbas desgrenhadas usando roupas esfarrapadas e mulheres magras demais com olhos tristes e dentes podres. Ele esperou sua vez educadamente, sabendo que algumas daquelas pessoas se abrigavam na biblioteca durante o dia e depois passavam a noite na rua.

A Pizzaria Jeff's continuava tão esquisita quanto ele lembrava. O grande espaço vazio além dos assentos acolchoados e das mesas comuns parecia uma pista de dança onde ninguém dançava. As paredes eram pintadas de amarelo-claro, mas deviam ter usado tinta barata ou dado só uma demão, porque as silhuetas da pintura anterior ainda eram visíveis. Provavelmente tinha sido um mural com pessoas ou animais, mas agora as imagens não passavam de vultos atrás de um véu fino de tinta amarelada. Às vezes, Oswald tentava decifrá-las, mas estavam borradas demais.

Também havia o palco que nunca era usado. Ficava ali, vazio, parecendo aguardar por alguma coisa. No entanto, algo ainda mais esquisito jazia largado no canto direito do salão. Era um grande cercado retangular, com uma rede amarela ao redor. A área estava isolada, e uma placa dizia PROIBIDO USAR. O cercado estava cheio de bolinhas vermelhas, azuis e verdes que provavelmente tiveram cores mais vibrantes no passado, mas agora se encontravam desbotadas e cheias de poeira.

Oswald sabia que piscinas de bolinhas tinham sido populares em parquinhos, mas quase desapareceram por questões de higiene — afinal de contas, quem desinfetaria bolinha por bolinha? O garoto tinha certeza de que, mesmo se aquelas piscinas ainda fossem populares quando ele era pequeno, a mãe jamais o deixaria entrar. Como enfermeira, ela nunca hesitava em apontar quais lugares tinham micro-organismos demais para se brincar. Quando Oswald reclamava que nunca podia se divertir, a mãe dizia: "Sabe o que não é nada divertido? Conjuntivite."

Além do palco vazio e da piscina de bolinhas, a coisa mais esquisita na Pizzaria Jeff's era o próprio Jeff. Ele parecia ser o único funcionário ali, então pegava os pedidos no balcão e também preparava as pizzas. Como o lugar nunca enchia, aquilo não chegava a ser um problema. Naquele dia, como em todos os outros, Jeff tinha cara de quem estava uma semana sem dormir. Seu cabelo escuro estava todo arrepiado, e os olhos injetados de sangue tinham olheiras preocupantes. O avental estava cheio de manchas de molho de tomate, tanto recentes quanto antigas.

— O que vai pedir? — perguntou ele para Oswald, entediado.

— Uma fatia de pizza de muçarela e um refrigerante de laranja, por favor.

Jeff encarou o nada, como se estivesse julgando se o pedido era razoável. Enfim falou:

— Beleza. Fica três e cinquenta.

Uma coisa Oswald tinha que admitir: as fatias de pizza ali eram imensas, servidas em pratos de papel molengos que logo ficavam manchados de gordura, e a ponta do triângulo de pizza sempre ultrapassava a borda.

Com sua comida e seu refrigerante, Oswald se acomodou num dos assentos acolchoados. A primeira mordida — na ponta da fatia — era sempre a melhor. A proporção de todos os sabores naquele bocado específico era perfeita. Ele saboreou o queijo derretido, a acidez do molho e a massa agradavelmente gordurosa.

Enquanto comia, espiou os poucos clientes. Dois mecânicos da oficina tinham dobrado fatias sabor pepperoni e comiam como se fossem sanduíches. Em outra mesa, vários executivos atacavam a comida desajeitadamente com garfos e facas de plástico. Devia ser para não derrubar molho nas gravatas e camisas, imaginou Oswald.

Depois que terminou a pizza, o garoto teve vontade de pedir mais uma. Mas sabia que não tinha dinheiro, então limpou os dedos gordurosos e pegou o livro da biblioteca. Ficou lendo enquanto bebericava o refrigerante de laranja, imerso num mundo onde crianças com poderes secretos iam para uma escola especial aprender a lutar contra o mal.

Uma voz de homem fez Oswald voltar a si.

— Ei, moleque.

Ele ergueu o olhar e viu Jeff com seu avental sujo de molho. Oswald supôs que já tinha abusado da boa vontade do dono da pizzaria, permanecendo na mesa por mais tempo do que era bem-vindo. Havia ficado lendo por duas horas depois de ter pagado menos de quatro dólares pela refeição.

— Pois não, senhor? — falou Oswald, porque ser educado nunca era demais.

— Sobraram algumas fatias de pizza de muçarela que não venderam no almoço. Quer?

— Ah. Não, obrigado. Não tenho mais dinheiro.

Mas bem que queria.

— É por conta da casa — explicou Jeff. — Eu ia ter que jogar fora de qualquer jeito.

— Ah, então eu quero. Obrigado.

Jeff recolheu o copo vazio de Oswald.

— Vou aproveitar e trazer um pouco mais de refri de laranja.

— Valeu.

Era curioso como a expressão do homem nunca mudava: ele parecia cansado e triste mesmo quando estava sendo superlegal.

Jeff trouxe duas fatias empilhadas num pratinho de papel junto com outro copo cheio de refrigerante de laranja.

— Pronto, garoto — disse ele, colocando tudo na mesa.

— Muito obrigado.

O garoto considerou por um instante que Jeff poderia estar sentindo pena dele. Talvez imaginasse que Oswald fosse absurdamente pobre, como as pessoas em situação de rua que passavam o dia na biblioteca, em vez de pobre do tipo cuja família mal conseguia pagar as contas.

Mas então Oswald pensou que, quando havia pizza de graça na sua frente, talvez não fosse hora de questionar os motivos. Talvez fosse hora de comer.

Assim, devorou as duas fatias imensas sem pestanejar. Fazia cerca de um mês que o apetite dele andava voraz. Uma vez, enquanto cozinhava pilhas de panqueca para ele de manhã, a mãe disse que o garoto devia estar em fase de crescimento, comendo como se fosse um saco sem fundo.

O celular de Oswald vibrou no bolso no instante em que ele deu o último gole no refrigerante. Viu a mensagem do pai: **Chego na Jeffs em 2 min.**

Bem na hora. Tinha sido um bom dia.

Os dias na biblioteca e na Pizzaria Jeff's começaram a se misturar. As primeiras semanas tinham sido ótimas, mas agora a biblioteca não tinha mais o próximo livro da série que Oswald estava lendo. Além disso, o garoto estava farto de seu jogo de fantasia on-line — que, embora fosse anunciado como gratuito, só o deixava avançar para o próximo nível se pagasse. Oswald se cansara de não ter outras crianças da sua idade com quem brincar. Ainda não tinha se cansado de pizza, mas achava que isso aconteceria em breve.

Mais tarde, teriam uma Noite de Diversão em Família, um evento semanal que variava de dia, dependendo da escala de folgas da mãe. Quando a usina ainda estava funcionando, as Noites de Diversão em Família incluíam jantar num restaurante — pizza, comida chinesa ou comida mexicana. Depois da refeição, os três iam se divertir um pouco. Iam ao cinema se estivesse passando algum filme infantil; caso contrário, jogavam boliche ou andavam de patins no rinque que o pai e a mãe frequentavam na adolescência, quando eram namorados. Os dois patinavam muito bem. Oswald era péssimo, mas os pais andavam ao lado dele, segurando suas mãos para que não perdesse o equilíbrio. Geralmente terminavam a noite com uma casquinha na sorveteria do centro da cidade. Oswald e a mãe pegavam no pé do pai porque, de todos os sabores disponíveis, ele sempre escolhia baunilha.

Depois do fechamento da usina, porém, a Noite de Diversão em Família passou a ser dentro de casa. A mãe de Oswald preparava um jantar festivo mas prático, como tacos semiprontos ou cachorros-quentes. Eles comiam e jogavam jogos de tabuleiro ou assistiam a filmes que pegavam no quiosque de locação de DVDs. Ainda era divertido, claro, mas às vezes Oswald queria voltar para os velhos tempos, quando viam filmes no cinema e depois tomavam casquinha. Nesses momentos, o pai precisava lembrar ao filho que O Importante Era Estarem Juntos.

Às vezes, quando o clima estava agradável, decidiam ter uma Noite de Diversão em Família ao ar livre. Embalavam um piquenique composto de frios e saladas, cortesia da Lanche Legal, e iam até o parque. Jantavam numa mesa de madeira e ficavam olhando os esquilos, pássaros e guaxinins. Depois, davam uma volta numa das trilhas de caminhada. Os passeios eram uma mudança bem-vinda, mas Oswald sabia por que aquele era o único tipo de Noite de Diversão em Família fora de casa: piqueniques eram gratuitos.

Naquela noite, eles não iam sair. A mãe de Oswald tinha preparado espaguete e pão de alho. Jogaram uma partida de *Dete-*

tive, que ela venceu, como sempre, e ficaram largados de pijama no sofá com um balde enorme de pipoca entre eles, assistindo à nova versão de um filme antigo de ficção científica.

Depois que acabou, o pai anunciou:

— Gostei, mas não chega aos pés do filme de verdade.

— Como assim, "do filme de verdade"? — perguntou Oswald. — Nós acabamos de ver um filme de verdade.

— Você entendeu o que eu quis dizer — retrucou o pai. — Quer dizer, se passa no mesmo universo que o original, mas é só uma cópia barata do filme que vi quando eu era criança.

O pai sempre precisava ter opinião sobre tudo. Era incapaz de simplesmente assistir a algo e aproveitar.

— Quer dizer que os melhores filmes são sempre os que você via quando era criança? — perguntou Oswald.

— Não sempre… Mas nesse caso, sim.

Oswald notou que o pai já estava se preparando para uma de suas coisas favoritas: uma boa discussão.

— Mas os efeitos especiais da versão original são uma porcaria — argumentou Oswald. — Cheio de bonecos e máscaras de borracha.

— Prefiro um boneco ou modelo em escala reduzida do que aquelas imagens de computação gráfica — disse o pai, se reclinando no sofá e apoiando os pés na mesa de centro. — Ô coisa falsa e esquisita… Não tem calor, não tem textura. Além disso, você gosta daqueles filmes velhos do Zendrelix, que têm uns efeitos especiais péssimos.

— Sim, mas só assisto para tirar sarro deles — rebateu Oswald, embora achasse o Zendrelix bem legal.

A mãe trouxe potinhos de sorvete da cozinha. Não era tão bom quanto as casquinhas da sorveteria, mas também não era nada a se desprezar.

— Certo, meninos. Se não pararem de discutir nerdices, eu é que vou escolher o próximo filme. E vai ser uma *comédia romântica*.

Os dois se calaram na mesma hora.

— Bem que eu imaginei — falou a mãe, distribuindo os potes de sorvete.

Oswald estava deitado na cama desenhando animais mecânicos quando seu celular vibrou na mesinha de cabeceira. Além dos pais, só havia uma pessoa que mandava mensagem para ele.

E aí?, dizia Ben.

Oi, digitou Oswald. Como tá sendo seu verão?

Muito maneiro. Tô de férias em Myrtle Beach, é superlegal. Tem um monte de fliperamas e pistas de minigolfe.

Que inveja, respondeu Oswald, e era verdade. Uma cidade de praia com fliperamas e pistas de minigolfe parecia incrível.

Queria que você estivesse aqui, digitou Ben.

Eu também

E seu verão?

Tranquilo, replicou Oswald. Ficou tentado a fazer as próprias férias parecerem mais legais do que realmente estavam sendo, mas não conseguia mentir para Ben. Indo muito na biblioteca, almoçando na Pizzaria Jeff's...

Só isso?

Era patético quando comparado a uma viagem de família à praia. Ele respondeu: **É, basicamente.**

Putz, que droga, respondeu Ben. Então acrescentou: **Aquela pizzaria é esquisitona.**

Conversaram por mais um tempinho. Embora Oswald estivesse feliz por falar com Ben, também ficou triste ao lembrar que o amigo estava tão longe e se divertindo sem ele.

Na segunda-feira, Oswald acordou de mau humor. Nem as panquecas da mãe ajudaram muito. No carro, o pai ligou o rádio alto demais. Estava tocando uma música idiota sobre um trator. Oswald baixou o volume.

— Ei, carinha, o motorista escolhe a trilha sonora. Você sabe disso — explicou o pai, colocando a música péssima ainda mais alto.

— Mas essa é muito ruim. Só estou tentando te salvar de você mesmo.

— Bom, também não gosto daquelas músicas de videogame que você curte. Mas não saio entrando no seu quarto e desligando tudo.

— Tá, mas também não te forço a ouvir — argumentou Oswald.

O pai diminuiu o volume o rádio.

— Que mau humor é esse, filhote? O que está te incomodando? Sei que não é só a música.

Oswald não estava a fim de falar, mas se viu forçado a isso. E, assim que abriu a boca, ficou surpreso ao sentir reclamações jorrando como lava de um vulcão.

— Estou cansado de todos os dias serem iguais. O Ben me mandou mensagem ontem. Está em Myrtle Beach se divertindo pra caramba. Quis saber o que eu andava fazendo, e falei que estava indo à biblioteca e à Pizzaria Jeff's todo dia. Sabe o que ele respondeu? "Putz, que droga" e "Aquela pizzaria é esquisitona".

O pai suspirou.

— Sinto muito por não podermos viajar e nos divertir pra caramba, Oswald. As coisas andam complicadas no quesito financeiro. Lamento que isso afete você. Você é só um garoto, não deveria ter que se preocupar com grana. Tenho esperanças de que vão me deixar trabalhar em tempo integral a partir do outono. Isso ajudaria bastante, e se me promoverem a gerente da delicatéssen, vou ganhar mais um dólar e cinquenta por hora.

Oswald sabia que não deveria dizer aquilo, mas as palavras saíram mesmo assim:

— O pai do Ben arrumou um emprego que paga melhor do que o antigo na usina.

O pai apertou o volante com força.

— Pois é, mas o pai do Ben precisou se mudar para uma cidade a oitocentos quilômetros daqui para conseguir esse trabalho. — A voz dele saiu tensa, tão tensa quanto os dedos no volante. Oswald viu o maxilar do pai trincar. — Sua mãe e eu conversamos bastante sobre isso, mas a gente decidiu não se mudar. Especialmente com a sua avó morando aqui, porque ela precisa de ajuda às vezes. Este é o nosso lar, carinha, e as coisas não são perfeitas, mas a gente precisa fazer o melhor possível com o que temos.

Oswald sentiu que estava prestes a cruzar a linha entre uma atitude rabugenta e uma que o deixaria de castigo. Mas por que algumas pessoas tinham tudo do bom e do melhor enquanto outras precisavam se contentar com visitas à biblioteca e pizza barata?

— E por isso você me joga na rua todo dia como se eu fosse lixo — acusou o garoto. — Se esse é o melhor possível, não quero nem ver como é o pior!

— Filho, olha, não acha que está sendo um pouco dramático dem...?

Oswald não esperou para ouvir o resto da crítica do pai. Saiu do carro e bateu a porta.

O pai acelerou pela rua, provavelmente feliz de ter se livrado do garoto.

Como ele suspeitava, o livro que queria ler ainda não estava disponível na biblioteca. Oswald folheou algumas revistas com animais exóticos. Ele costumava gostar delas, mas não pareciam tão legais naquele dia. Quando chegou sua vez de usar o computador, colocou os fones de ouvido e assistiu a alguns vídeos no YouTube, mas não estava no clima de achar graça de nada.

Na hora do almoço, foi até a Pizzaria Jeff's e ficou sentado com sua pizza e seu refrigerante. Todo dia, a mesma fatia de muçarela. Se o pai não fosse tão pão-duro, daria um dólar a mais para que ele pudesse comprar uma de pepperoni ou de calabresa. Mas não, precisava ser a pizza mais barata possível. Certo, as finanças estavam apertadas, mas sério: um dólar a mais por dia faliria a família?

Olhando ao redor, Oswald decidiu que Ben estava certo: a Pizzaria Jeff's era esquisitona. Havia aquelas pinturas meio apagadas na parede, a piscina de bolinhas abandonada e empoeirada. E, pensando bem, Jeff era meio esquisitão também. Parecia ter mais de cem anos, mas provavelmente não passava dos trinta. Com aqueles olhos injetados de peixe morto, o avental manchado e a fala e os passos lentos, parecia um pizzaiolo zumbi.

Oswald pensou na discussão daquela manhã. Logo o pai enviaria uma mensagem chamando o filho para ir até o carro. Bom, naquele dia seria diferente. Naquele dia, o pai teria que entrar e procurar por ele.

Oswald conhecia o esconderijo perfeito.

Ele mergulharia na piscina de bolinhas.

O brinquedo era bem nojento. Ninguém tocava naquilo havia anos, e as bolas de plástico estavam cobertas de uma poeira cinza e meio grudenta. Mas se esconder ali seria uma ótima forma de pregar uma peça no pai. O homem que sempre largava o filho e depois o buscava — como se ele fosse um cesto de roupas na lavanderia — dessa vez precisaria sair do carro e ir atrás dele. Oswald não facilitaria para o pai.

O menino tirou os sapatos. Sim, a piscina de bolinhas era nojenta, mas ao menos mergulhar nela tornaria o dia diferente de todos os anteriores.

Ele entrou no cercado e sentiu as bolinhas abrindo espaço para seu corpo. Mexeu os braços e as pernas. Parecia um pouco com nadar — se fosse possível nadar em esferas de plástico secas. Seu pé alcançou o chão. Algumas das bolas estavam estranhamente meladas, mas ele tentou não pensar no motivo. Se quisesse pregar uma peça no pai, teria que afundar.

Respirou fundo, como se estivesse prestes a pular numa piscina cheia d'água, e caiu de joelhos. O nível das bolinhas passou a bater em seu pescoço. Oswald balançou o corpo para se sentar, o que o fez mergulhar a cabeça também. As esferas estavam longe o suficiente uma da outra para que ele conseguisse respirar, mas era escuro e claustrofóbico. O brinquedo fedia a poeira e mofo.

Conjuntivite, ele imaginou a mãe dizendo. *Você vai pegar conjuntivite.*

O cheiro começou a se tornar insuportável. A poeira fazia seu nariz coçar. Ele sentiu um espirro se aproximando, mas não conseguiu mover a mão por entre as bolinhas rápido o bastante para alcançar o nariz. Espirrou três vezes, uma mais alta que a outra.

Oswald não sabia se o pai já tinha começado a procurá-lo — mas, se tivesse, os espirros vindos da piscina de bolinhas provavelmente haviam entregado sua posição. Além disso, era escuro e nojento demais ali dentro. Ele precisava sair para respirar.

Quando se ergueu, seus ouvidos foram atingidos pelo som de aparelhos eletrônicos apitando e por gritos e risadas de crianças.

Depois da escuridão da piscina de bolinhas, seus olhos demoraram alguns instantes para se ajustar a todo o brilho que o cercava. O lugar estava cheio de luzes piscantes e cores vibrantes. Oswald olhou ao redor e murmurou:

— Totó, acho que não estamos mais no Kansas.

Havia várias máquinas de fliperama enfileiradas ao longo das paredes. Todas eram de jogos da época do pai dele: *Pac-Man*, *Donkey Kong*, *Frogger*, *Q*bert*, *Galaga*. Uma máquina de pegar bichos de pelúcia com luzes néon exibia criaturinhas azuis que pareciam gnomos e gatos cor de laranja cartunescos. Ele olhou ao redor da piscina de bolinhas e viu que estava cercado de crianças pequenas se divertindo na atração estranhamente limpa, cheia de esferas de cores vibrantes. No meio das criancinhas, Oswald parecia um gigante. Saiu da piscina procurando pelos sapatos, mas não estavam por ali.

Parado no carpete colorido só de meias, o garoto analisou o estabelecimento. Viu um monte de crianças da idade dele e mais novas, mas havia algo diferente nelas. Todas usavam o cabelo em penteados meio afofados, e os meninos vestiam camisas polo de cores que a maioria dos caras se recusaria a usar em público, tipo rosa ou verde-claro. As meninas tinham cabelos tão volumosos que era quase inacreditável, com franjas que se curvavam na testa como garras, e usavam blusinhas e sapatos em tons pastel, tudo da mesma cor. As cores, as luzes, os sons... Era informação demais para os sentidos de Oswald captarem. E que música era aquela?

Ele olhou para o outro lado do salão, tentando descobrir de onde o som vinha. Sobre o pequeno palco, três animatrônicos piscavam os olhos grandes e sem vida, abriam e fechavam a boca e balançavam para a frente e para trás no ritmo de uma musiquinha chiclete irritante. Havia um urso marrom, um coelho azul com uma gravata-borboleta vermelha e uma espécie de galinha. Oswald se lembrou dos animais mecânicos que andava desenhando. A diferença era que ele nunca sabia se seus desenhos eram fofinhos ou assustadores.

Aqueles bichos eram definitivamente assustadores.

A meia dúzia de crianças que cercava o palco, porém, não parecia ter a mesma impressão. De chapeuzinhos de aniversário com estampa dos personagens, elas dançavam e riam como se estivessem se divertindo à beça.

Quando o cheiro de pizza chegou ao nariz de Oswald, ele entendeu tudo.

Ainda estava na Pizzaria Jeff's — ou melhor, no estabelecimento que funcionava ali antes de Jeff assumir o lugar. A piscina de bolinhas ainda era nova e não estava fechada, todas as tomadas na parede ligavam máquinas de fliperama e... Oswald se virou para a parede da esquerda. As sombras por trás da tinta amarela da Pizzaria Jeff's na verdade formavam um mural com os mesmos personagens que "se apresentavam" no palco: o urso marrom, o coelho azul e a galinha. Embaixo do rosto deles, estava escrito PIZZARIA FREDDY FAZBEAR'S.

O garoto sentiu o estômago se revirar. Como aquilo tinha acontecido? Sabia onde estava, mas não *em que época* estava ou como chegara ali.

Alguém trombou com ele, e Oswald se assustou mais do que o normal. Como sentiu o contato físico, aquilo não devia ser um sonho. Não conseguia decidir se isso era uma notícia boa ou ruim.

— Foi mal, cara — disse o garoto que esbarrara nele.

Tinha mais ou menos a idade de Oswald. Usava uma camisa polo amarelo-clara com a gola virada para cima e a barra enfiada dentro de uma calça jeans que parecia de tiozão. Seus tênis brancos eram imensos, como sapatos de palhaço. E ele parecia ter passado um tempão arrumando o cabelo.

— Você tá bem? — perguntou o menino desconhecido.

— Sim, tudo tranquilo — respondeu Oswald.

Na verdade, ele não sabia se estava tudo tranquilo, mas não tinha a menor ideia de como começar a explicar sua situação.

— Nunca vi você aqui antes — comentou o menino.

— Pois é — começou Oswald, tentando pensar numa explicação que não fosse tão esquisita. — Estou só de passagem pela cidade... visitando minha avó. Vou ficar por algumas semanas, mas adorei aqui. Tem tantos jogos antigos...

— *Antigos?* — repetiu o menino, erguendo a sobrancelha. — Está de troça, né? Não sei de onde você é, mas a Freddy's tem as atrações mais novas do pedaço. É por isso que tem tanta fila pra jogar.

— Ah, claro, era brincadeira — respondeu Oswald, porque não conseguia pensar em nada melhor para dizer.

Já ouvira o pai contar que jogava vários daqueles jogos quando era *criança*. Que eram jogos absurdamente difíceis que o faziam gastar muitas horas e muitas fichas.

— Eu sou o Chip — se apresentou o garoto, passando os dedos pelo cabelo afofado. — Eu e meu camarada Mike... — ele apontou com a cabeça para um menino negro alto que usava óculos imensos e uma camisa listrada vermelha e azul —... estávamos pensando em jogar *Skee-Ball*, aquela máquina de minibasquete. Quer vir junto?

— Claro — respondeu Oswald.

Seria legal passar um tempo com crianças da sua idade, mesmo que fossem de outra época. Oswald não achava que aquilo era um sonho... mas, se fosse, era um bem bizarro.

— E você, tem nome? — perguntou Mike, olhando para Oswald como se ele fosse um animal exótico.

— Claro — disse o garoto. Tinha ficado tão impactado com a estranheza da situação que esqueceu de se apresentar. — É Oswald.

Mike deu um tapinha amigável nas costas dele.

— Bom, Oswald, saiba que sou um fenômeno do *Skee-Ball*. Mas vou te dar uma colher de chá, já que você é novo aqui.

— Valeu por ter misericórdia de mim — disse Oswald, e se pôs a seguir os dois até a máquina do *Skee-Ball*.

No caminho, passaram por uma pessoa usando uma fantasia de coelho que parecia muito uma versão amarela do coelho animatrônico no palco. Ninguém mais parecia ter ligado para o coelhão, então Oswald não disse nada. Provavelmente era algum funcionário da Freddy Fazbear's contratado para entreter as criancinhas na festa de aniversário.

Mike não mentiu sobre ser um fenômeno no *Skee-Ball*. Derrotou Chip e Oswald várias vezes, mas tinha espírito esportivo, e os três passaram o tempo todo fazendo piadas. Era legal se sentir incluído.

Porém, depois de mais algumas partidas, Oswald começou a se preocupar. Que horas eram? O pai estaria procurando por ele fazia quanto tempo? E como faria para voltar para sua vida real? Sim, ele planejara dar um susto no pai, mas não a ponto de a polícia ser acionada.

— Ei, gente, é melhor eu ir nessa — avisou Oswald. — Minha avó… — Ele quase soltou "acabou de me mandar uma mensagem", mas se deu conta a tempo de que Chip e Mike não teriam a menor ideia do que era isso. Não existia celular naquela época, seja lá qual fosse. — Minha avó vem me buscar daqui a uns minutos.

— Falou, cara. Quem sabe a gente se esbarra outro dia? — disse Chip.

Mike o cumprimentou com um aceno de cabeça e um tchauzinho.

Oswald deixou os companheiros, parou num canto do salão ainda só de meias e tentou pensar no que fazer. Estava vivendo uma experiência mágica, tinha se atrasado para voltar para casa e perdera os sapatos. Parecia uma espécie bizarra de Cinderelo.

Como retornar? Ele poderia sair pela porta da Pizzaria Freddy Fazbear's, mas de que adiantaria? Podia estar no lugar certo para encontrar o pai esperando dentro do carro, mas não na época certa. Nem mesmo na década certa.

Foi quando ele teve uma ideia. Talvez, para voltar, precisasse fazer a mesma coisa que o levara até ali.

Na piscina de bolinhas, uma mãe dizia a duas criancinhas que era hora de ir embora. Elas tentaram argumentar, mas a mulher ativou a Voz de Mãe Brava e ameaçou mandar as duas para a cama mais cedo. Assim que saíram da piscina, Oswald entrou.

Afundou antes que qualquer um pudesse ver que havia uma criança acima do limite máximo de altura lá dentro. Quanto tempo precisava ficar mergulhado? Aleatoriamente, decidiu contar até cem e depois se levantar.

Quando ficou de pé, viu que estava no meio do cercadinho isolado cheio de bolinhas empoeiradas da Pizzaria Jeff's. Saiu dali e encontrou os sapatos exatamente onde os havia deixado. Seu celular vibrou no bolso. Pegou o aparelho e leu: **Chego em 2 min**. Não havia passado tempo algum?

Oswald saiu pela porta enquanto Jeff se despedia com um grito:

— Até mais, garoto!

— Parece uma delícia, mãe — disse Oswald, espetando uma linguiça com o garfo.

— Você está de bom humor hoje — comentou a mãe, colocando um waffle no prato de Oswald. — Bem diferente de ontem, quando parecia o sr. Rabugento.

— É que o livro que quero ler deve chegar na biblioteca hoje — explicou Oswald.

Aquilo era verdade, mas não era a razão do seu bom humor. Claro que não podia contar o motivo verdadeiro. Se dissesse "Descobri que a piscina de bolinhas na Pizzaria Jeff's me faz viajar no tempo", a mãe largaria os waffles e ligaria para um psicólogo infantil na mesma hora.

Oswald pegou o livro emprestado na biblioteca, mas estava impaciente demais para ler. Seguiu até a Pizzaria Jeff's assim que ela abriu, às onze. O proprietário ainda estava na cozinha, então o garoto foi direto para a piscina de bolinhas.

Tirou os sapatos, entrou e mergulhou até o fundo. Como parecia ter funcionado da outra vez, contou até cem antes de se levantar.

A banda animatrônica estava "tocando" uma música irritante parcialmente abafada pelos bipes, tiques e estalos dos vários jogos. Oswald vagou pelo recinto e analisou os fliperamas, o jogo de martelar a marmota e as máquinas engolidoras de fichas com luzes néon, que poderiam dar alguns tíquetes de recompensa (mas na maioria das vezes não davam) se a pessoa apertasse os botões na hora certa. As crianças mais velhas se amontoavam ao redor dos fliperamas. Crianças mais novas escalavam os brinquedos de parquinho coloridos. *Conjuntivite*, pensou Oswald — embora não estivesse em posição de criticar ninguém, já que andava mergulhando sem dó na piscina de bolinhas.

Tudo parecia como antes. Através de uma porta aberta, ele viu um calendário pendurado na parede de um escritório. Era de 1985.

— Ei, é o Oswald! — exclamou Chip.

Naquele dia, estava usando uma camisa polo azul-bebê com a mesma calça jeans de tiozão e os mesmos tênis gigantes. Nem um fio de cabelo estava fora do lugar.

— E aí, Oz? — cumprimentou Mike. Ele usava uma camiseta do filme *De volta para o futuro*. — As pessoas te chamam assim? Tipo o Mágico de Oz?

— Agora chamam — respondeu Oz, sorrindo.

Tinha se transformado do garoto com o verão mais solitário do mundo para um garoto com dois amigos — e um apelido. Sim, tudo aquilo estava acontecendo na metade da década de 1980, mas por que se apegar a detalhes?

— A gente acabou de pedir pizza — contou Chip. — Quer um pouco? É uma grande, então não vamos aguentar comer tudo.

— Fale por você — brincou Mike, sorrindo.

— Certo — concordou Chip. — Digamos que é mais do que a gente *deveria* comer. Quer vir também?

Oswald estava curioso para descobrir como era a pizza da Freddy Fazbear's em comparação à da Pizzaria Jeff's, então respondeu:

— Claro. Valeu.

A caminho da mesa, passaram pela pessoa fantasiada de coelho amarelo, parada no canto como se fosse uma estátua. Chip e Mike não viram ou fingiram não ver a criatura, então Oswald tentou fazer a mesma coisa. Mas por que ele ficava parado no canto? Se trabalhava para o restaurante, com certeza o mascote não deveria agir daquele jeito sinistro.

Quando chegaram à mesa, uma moça com cabelo loiro comprido e sombra azul serviu uma pizza grande e uma garrafa de refrigerante para eles. Ao fundo, a banda animatrônica continuava tocando. A pizza era de pepperoni e calabresa, com uma massa fininha e crocante. Uma grande melhora em relação às fatias simples de muçarela.

— Quando eu era pequeno, adorava a banda do Freddy Fazbear — comentou Mike, entre mordidas. — Eu até dormia abraçado com um Freddy de pelúcia. Agora olho para aquele palco e sinto um arrepio.

— É estranho, né? Tem coisas que a gente adora quando é criança e que ficam sinistras depois que crescemos — opinou Chip, se servindo de outra fatia. — Tipo palhaços.

— Sim, e bonecas — concordou Mike, mastigando. — Às vezes olho para as bonecas da minha irmã enfileiradas na prateleira do quarto dela e tenho a sensação de que estão me observando.

Que nem aquele coelho amarelo, pensou Oswald, mas não disse nada.

Depois que detonaram a pizza, jogaram um pouco de *Skee-Ball*, com Mike massacrando os outros dois, mas sendo gente boa mesmo assim. Oswald não se preocupou mais com a hora, porque aparentemente o tempo ali não passava do mesmo jeito que na vida real. Depois do *Skee-Ball*, jogaram aero hockey. Oswald mandou surpreendentemente bem no jogo, e até conseguiu vencer Mike uma vez.

Quando começaram a ficar sem fichas, Oswald os agradeceu por terem compartilhado as deles e disse que queria ver os dois de novo em breve. Depois de se despedirem, o garoto esperou até ninguém estar olhando e desapareceu na piscina de bolinhas.

• • •

Encontrar Chip e Mike acabou virando um passatempo frequente. Naquele dia, não jogaram nada. Só ficaram sentados numa das mesas, bebendo refrigerante e conversando, tentando ignorar ao máximo a música irritante dos animatrônicos.

— Sabem que filme eu curti? — disse Chip. Estava vestindo uma camisa polo salmão. Oswald adorava o cara, mas sério... Será que ele não tinha nenhuma camisa que não fosse colorida e engomadinha? — *A música eterna*.

— Sério? — rebateu Mike, empurrando os óculos enormes para cima no nariz. — Esse filme é um saco! Tipo, o título é perfeito, porque a sensação é de que ele nunca vai terminar!

Todos riram.

— O que achou do filme, Oz? — perguntou Chip.

— Não assisti ainda — respondeu o garoto.

Era uma frase que ele repetia muito quando estava com Chip e Mike.

Oswald sempre os ouvia conversar sobre filmes e séries de televisão de que gostavam. Quando mencionavam alguma coisa que ele não conhecia, o garoto pesquisava na internet assim que voltava para casa. Fez uma lista de filmes dos anos 1980 que queria assistir e conferia a programação dos canais de televisão para ver se algum passaria em breve. Oswald participava das conversas de Chip e Mike tanto quanto conseguia. Era como se fosse um estudante de intercâmbio. Às vezes, precisava fingir que sabia do que estavam falando. Sorria, assentia e concordava sem muito entusiasmo.

— Cara, você precisa sair mais — disse Mike. — Que tal ir ao cinema comigo e com o Chip uma hora dessas?

— Seria demais — respondeu Oswald, porque o que mais poderia dizer?

Na verdade, sou do futuro distante, e acho que é fisicamente impossível encontrar vocês em qualquer outro lugar que não seja a Pizzaria Freddy Fazbear's em 1985?

Eles achariam que era uma piada, porque o filme preferido de Mike era *De volta para o futuro.*

— Fala algum filme que você viu e achou maneiro — pediu Chip para Oswald. — Estou tentando entender do que você gosta.

Deu um branco em Oswald. Quais filmes eram dos anos 1980 mesmo?

— Éééé… *E.T., o Extraterrestre?*

— *E.T.*? — Mike deu um tapa na mesa, rindo. — *E.T.* passou há o quê? Uns três anos? Você realmente precisa sair mais. Não tem cinema na sua cidade?

Tem, pensou Oswald. *Tem Netflix e PlayStation e YouTube e redes sociais.* Mas não falou nada.

Além disso, Chip e Mike falavam de tecnologias que Oswald mal conhecia, tipo videocassetes, boomboxes e gravadores de fita. E o garoto precisava se lembrar o tempo todo de não mencionar celulares, tablets e a internet. Também evitava usar camisetas com personagens e referências que pudessem confundir os amigos ou os outros clientes da Freddy Fazbear's de 1985.

— Sim, a gente definitivamente precisa te atualizar — falou Chip.

Se vocês soubessem…, pensou Oswald.

— Ei, querem ir jogar alguma coisa? — perguntou Mike. — Sinto o *Skee-Ball* me chamando, mas prometo que vou pegar leve com vocês.

Chip riu.

— Não vai nada. Vai é acabar com a gente.

— Podem ir — falou Oswald. — Acho que vou ficar aqui na mesa.

— Como assim? Quer assistir ao show? — indagou Mike, apontando para os personagens sinistros com o queixo. — O que houve? Se você passou a gostar da música do Freddy Fazbear, acho que precisa de ajuda urgente.

— Não aconteceu nada — respondeu Oswald, mas na verdade havia acontecido.

Em suas primeiras visitas à Freddy Fazbear's, ele não percebera que estava basicamente se valendo da generosidade de Chip e Mike porque nunca tinha dinheiro. E, mesmo que não fosse um pobretão, será que o dinheiro de sua época serviria em 1985? Era lamentável ser falido em duas décadas diferentes.

Enfim, Oswald explicou:

— Sinto que estou me aproveitando. Vocês pagam tudo pra mim, porque nunca tenho dinheiro.

— Ei, cara, não esquenta — falou Chip. — A gente nem tinha notado.

— Pois é — concordou Mike. — A gente só achava que sua avó nunca te dava dinheiro. A minha mesmo só me dá grana no meu aniversário.

Eles estavam sendo muito legais, mas mesmo assim Oswald ficou envergonhado. Se já tinham conversado sobre a sua falta de dinheiro, significava que haviam notado.

— Que tal eu só ficar por perto enquanto vocês jogam? — propôs Oswald.

No entanto, assim que se levantou, ele sentiu um peso estranho nos bolsos. Havia algo lá dentro, tão pesado que parecia que sua calça cairia a qualquer momento. Quando enfiou a mão num bolso, tirou punhados de fichas da Freddy Fazbear's de 1985. Foi pegando várias e várias, e as jogou na mesa.

— Ou melhor, a gente pode usar essas fichas aqui — acrescentou. Não tinha ideia de como explicar a mágica que acabara de acontecer. — Esqueci que estava usando esta calça... que é onde guardei minhas fichas da última vez.

Chip e Mike pareceram meio confusos, mas depois sorriram e começaram a empurrar as fichas para dentro de copos de refrigerante vazios.

Oswald fez o mesmo. Decidiu simplesmente aceitar a esquisitice. Não sabia como aquelas fichas tinham ido parar ali... se bem que não sabia nem como *ele* tinha ido parar ali.

Pela manhã, enquanto o pai o levava até a biblioteca, Oswald perguntou:

— Pai, quantos anos você tinha em 1985?

— Alguns a mais que você — respondeu ele. — E, além de beisebol, só conseguia pensar em quantas fichas tinha para gastar no fliperama. Por que a pergunta?

— Por nada — disse Oswald. — Só andei pesquisando umas coisas. A Pizzaria Jeff's... era uma espécie de fliperama antes, não era?

— Era, sim. — A voz do pai saiu estranha, como se estivesse nervoso. Depois de uma pausa, ele concluiu: — Mas aí fechou.

— Como tudo nesta cidade.

— Isso mesmo — confirmou ele, parando na frente da biblioteca.

Talvez fosse coisa da imaginação de Oswald, mas parecia que o pai estava aliviado de ter chegado ao destino para não precisar responder a mais perguntas do filho.

Às onze em ponto, Oswald foi até a Pizzaria Jeff's, como de costume. Após garantir que o proprietário não estava de olho, entrou na piscina de bolinhas. Depois de contar até cem, se levantou. Estava uma algazarra — mas não era a barulheira normal da Freddy Fazbear's. Eram gritos. Crianças chorando. Pedidos de socorro. Pessoas correndo. Caos.

Será que Chip e Mike estavam por ali? Será que estavam bem? Será que alguma daquelas pessoas estava bem?

O garoto sentiu medo. Parte dele queria sumir dentro da piscina de bolinhas outra vez, mas Oswald estava preocupado com os amigos. Além disso, queria descobrir o que estava acontecendo — mesmo que tivesse certeza de que era algo horrível.

Disse a si mesmo que não estava em perigo. Aquele era o passado, uma época em que ele nem tinha nascido ainda. Não poderia correr risco de morte antes mesmo de existir, não é?

Com o estômago embrulhando, Oswald avançou pela multidão, passando por mães às lágrimas correndo com os filhos pequenos nos braços e por pais puxando crianças maiores pela mão até a saída, todos com o rosto tomado pelo choque.

— Chip! Mike! — gritou Oswald, mas os amigos não estavam à vista.

Talvez não tivessem ido até a Freddy Fazbear's naquele dia. Talvez estivessem a salvo.

Apavorado, mas sentindo que precisava entender o que estava acontecendo, Oswald seguiu na direção oposta ao fluxo de pessoas.

Ele se deparou com a pessoa fantasiada de coelho amarelo... se é que era uma fantasia.

O coelho abriu uma porta em que se lia PRIVADO e entrou. Oswald foi atrás.

O corredor era longo e escuro. O coelho o encarou com olhos sem vida e um sorriso estático, então avançou pela passagem. Oswald deixou a criatura ir na frente. Era como se estivesse numa versão aterrorizante de *Alice no País das Maravilhas*, descendo pela toca do coelho.

A criatura parou na frente da porta com uma placa que dizia SALÃO DE FESTAS e fez um gesto para que Oswald entrasse. O garoto estava tremendo de medo, mas curioso demais para recusar. *Além do mais*, pensava o tempo todo, *você não pode me machucar. Nem nasci ainda.*

Assim que entrou no salão, o cérebro de Oswald demorou alguns segundos para processar o que estava vendo.

Elas estavam encostadas numa parede que exibia um mural dos mascotes da pizzaria: o urso sorridente, o coelho azul e a galinha. Eram seis crianças, todas mais novas que Oswald. Seus corpos sem vida estavam apoiados com as pernas esticadas para a frente. Algumas de olhos fechados, como se dormissem. Outras de olhos abertos, com o olhar vazio típico das bonecas.

Todas usavam chapeuzinhos de aniversário do Freddy Fazbear.

Oswald não conseguiu identificar como tinham morrido, mas sabia que o coelho era o responsável e que queria que o garoto visse seu trabalho. Talvez quisesse que Oswald se tornasse a próxima vítima, que se juntasse àquelas crianças encostadas na parede com olhos que não enxergavam mais nada.

Oswald gritou. O coelho amarelo saltou na sua direção, mas o menino saiu correndo do salão de festas e seguiu a toda pelo corredor escuro. Talvez a criatura pudesse machucá-lo, talvez não. Oswald não queria colocar isso à prova.

Ele disparou pelo fliperama vazio até a piscina de bolinhas. Lá fora, as sirenes de polícia ecoavam em uníssono com os gritos de Oswald. O coelho corria atrás dele, chegando tão perto que sua pata peluda roçou nas costas do menino.

Ele mergulhou na piscina. Contou até cem o mais rápido possível.

Quando se levantou, a primeira coisa que ouviu foi a voz de Jeff:

— Olha o desgraçadinho aí!

Oswald se virou e viu o pai, furioso, avançando na sua direção a passos largos. Jeff observava a cena e não parecia nem um pouco feliz... não que algum dia tivesse parecido.

O menino estava chocado demais para se mexer.

O pai o agarrou pelo braço e o puxou para fora da piscina de bolinhas.

— Que raios estava fazendo escondido nesta coisa velha e imunda? Não me ouviu te chamar? — perguntou ele. Assim que Oswald saiu do brinquedo, o pai se inclinou sobre o cercado cheio de bolinhas. — Olha só que imundície. Sua mãe...

Um par de braços amarelos se ergueu entre as bolinhas e puxou o pai de Oswald lá para dentro.

A briga teria sido ridícula se não fosse aterrorizante. Os pés do pai, calçados em suas botas marrons, se debateram sobre as bolinhas antes de afundarem. Duas grandes patas amarelas e peludas surgiram, mas sumiram logo em seguida. As bolinhas começaram a se movimentar de um lado para o outro, como se a piscina fosse um mar tempestuoso. Depois, tudo ficou imóvel.

O coelho amarelo se ergueu no meio do brinquedo, ajeitou a gravata-borboleta roxa, espanou a poeira do corpo e se virou para Oswald, sorrindo.

O garoto recuou, mas o coelho veio atrás dele, envolveu firmemente seus ombros com o braço e o levou em direção à saída.

Oswald olhou para Jeff, parado atrás do balcão. Talvez o homem pudesse ajudá-lo... Mas ele continuava com a mesma expressão desanimada de sempre.

— Até mais, pessoal — disse Jeff, simplesmente.

Como ele... como qualquer pessoa... era capaz de agir como se aquela situação fosse normal?

O coelho saiu da pizzaria com Oswald, abriu a porta do carro do pai e empurrou o garoto para o banco do passageiro.

Oswald observou o coelho afivelar o cinto de segurança e dar a partida no carro. O garoto tentou abrir a porta, mas a criatura havia ativado a trava usando o botão na porta do motorista.

A boca do coelho estava congelada num sorriso enorme. Com olhos sem vida, ele encarava a rua à frente.

Oswald apertou o botão para destrancar a porta de novo, mesmo sabendo que não ia funcionar.

— Espera aí — disse o menino. — Você sabe fazer esse tipo de coisa? Consegue dirigir um carro?

Sem falar nada, o coelho andou com o carro. Parou num semáforo vermelho, então Oswald presumiu que a criatura era capaz de enxergar. E, pelo jeito, conhecia as regras básicas de direção.

— O que fez com meu pai? Para onde está me levando?

Oswald conseguia ouvir o pânico na própria voz. Queria soar forte e corajoso, como se pudesse se defender sozinho, mas em vez disso parecia apenas assustado e confuso — o que de fato estava.

O coelho permaneceu em silêncio.

O carro virou à direita e depois à esquerda, seguindo o caminho familiar para o bairro de Oswald.

— Como você sabe onde eu moro? — indagou o garoto.

Ainda calado, o coelho entrou na garagem da casa da família de Oswald.

Vou sair correndo, pensou ele. *Assim que essa coisa destrancar a porta do carro, vou correr até algum vizinho e, quando estiver em segurança, vou chamar a polícia.* As travas estalaram. Oswald saltou do veículo.

De alguma forma, deu de cara com o coelho. A criatura o segurou pelo braço. O garoto tentou se soltar, mas o aperto era forte demais.

O coelho o arrastou até a porta da casa, depois puxou o cordão no qual Oswald carregava a chave pendurada no pescoço. A criatura a virou na fechadura e empurrou o garoto para dentro. Depois parou diante da porta, bloqueando a saída.

Jinx, a gata, apareceu na sala de estar. Encarou o coelho, arqueou as costas, arrepiou a cauda e chiou, assim como os felinos das decorações de Dia das Bruxas. Oswald nunca tinha visto Jinx tão assustada ou hostil, mas ela apenas baixou a cauda e fugiu pelo corredor. Se a gata achava que a situação estava feia, devia estar mesmo.

— Você não pode fazer isso — disse Oswald para o coelho, às lágrimas. Não queria chorar. Queria ser forte, mas não conseguia evitar. — Isso... Isso é sequestro! Minha mãe vai chegar em casa já, já e vai chamar a polícia.

Era um blefe, claro. A mãe só chegaria à meia-noite. Será que ele sequer estaria vivo quando ela voltasse? Será que o pai ainda estava vivo?

Oswald sabia que seria pego pelo coelho se tentasse correr para a porta dos fundos.

— Vou para o meu quarto agora, pode ser? Não vou tentar escapar. Estou só indo para o quarto.

Oswald recuou, e o coelho não reagiu.

Assim que entrou no quarto, bateu e trancou a porta. Respirou fundo e tentou raciocinar. Havia uma janela ali, mas era alta e pequena demais para ele tentar escapulir. Debaixo da cama, Jinx soltou um rosnado grave.

Oswald conseguia ouvir o coelho do lado de fora. Se o garoto fizesse uma ligação, a criatura ouviria, mas talvez ele pudesse mandar uma mensagem de texto.

Pegou o telefone e, com as mãos trêmulas, digitou: **Mãe, socorro! O papai tá em perigo. Vem pra casa agora!**

Oswald sabia que não tinha como a mãe voltar para casa naquele instante. Ela estava sempre lidando com emergências médicas no trabalho, e às vezes demorava um tempão para dar uma olhada no celular.

O combinado era que, caso ele tivesse uma emergência, Oswald deveria chamar o pai — mas obviamente isso não era possível naquele momento.

Uma hora agonizante se passou até o celular de Oswald vibrar. Com medo de que o coelho estivesse entreouvindo pela porta, ele atendeu sem sequer falar "alô".

— Oswald, o que houve? — perguntou a mãe, aterrorizada.

— Preciso ligar para a polícia?

— Não posso falar agora — sussurrou o garoto.

— Calma, estou indo para casa — prometeu ela, e desligou.

Os próximos quinze minutos passaram mais devagar do que Oswald achava possível. Então, alguém bateu à porta do quarto.

O garoto sentiu o coração sair pela boca.

— Quem é?

— Sou eu — respondeu a mãe, exasperada. — Abre a porta.

Ele abriu só uma frestinha para checar se era mesmo ela. Depois que a deixou entrar, fechou a porta e a trancou outra vez.

— Oswald, você precisa me explicar o que houve — exigiu a mãe, o cenho franzido de preocupação.

Por onde começar? Como explicar tudo sem parecer que perdeu o juízo?

— É o papai. Ele... Ele precisa de ajuda. Nem sei onde...

A mãe segurou os ombros do filho.

— Oswald, eu acabei de ver seu pai. Ele está deitado na nossa cama vendo televisão. Fez uma torta de frango para você jantar, está no fogão.

— O quê? Não estou com fome. — O garoto tentou assimilar as palavras da mãe. — Você viu o papai?

Ela assentiu. Estava olhando para Oswald como se ele fosse um de seus pacientes, tentando entender o que havia de errado.

— Ele está bem? — perguntou Oswald.

A mãe assentiu de novo.

— Sim, mas estou preocupada com você.

A mulher colocou a mão na testa do menino, para conferir se ele estava com febre.

— Eu estou bem — falou Oswald. — Quer dizer, se o papai está bem, estou bem também. Ele só... não parecia nada bem.

— Talvez seja bom as aulas já estarem recomeçando. Acho que você anda passando tempo demais sozinho.

E o que ele podia dizer? *Na verdade, estou passando o tempo com meus novos amigos em 1985?*

— É, faz sentido. Acho que só preciso ir para a cama. Tenho que acordar mais cedo amanhã.

— Ótima ideia — disse a mãe. Ela segurou o rosto do filho e o encarou. — E, escute, só me chame no trabalho quando tiver certeza de que é uma emergência de verdade. Você me deu um belo susto.

— Eu achei que fosse uma emergência de verdade. Desculpa.

— Tudo bem, querido. Descanse um pouco, pode ser?

— Pode deixar.

Assim que a mãe foi embora, Oswald olhou embaixo da cama. Jinx continuava ali, encolhida numa bolinha como se quisesse ficar tão pequena e invisível quanto possível, com os olhos arregalados. Parecia aterrorizada.

— Está tudo bem, Jinx — disse o garoto, estendendo a mão na direção da gata e agitando os dedos. — A mamãe disse que não tem perigo. Pode sair.

Mas ela não se moveu por nada.

Oswald se deitou na cama, totalmente desperto. Se a mãe tinha dito que o pai estava em casa e bem, devia ser verdade. Por que ela mentiria?

Mas Oswald não tinha dúvidas do que vira.

A coisa amarela — como apelidou o coelho — tinha arrastado seu pai para dentro da piscina de bolinhas e depois saiu do brinquedo. Oswald sentiu o agarrão no próprio braço e ficou ao lado da coisa amarela no carro enquanto ela dirigia até sua casa.

Será que tinha sido tudo coisa da cabeça dele? Oswald confiava na mãe, e ela disse que o pai estava em casa. Mas se o pai estava bem, significava que Oswald não tinha visto o que acreditava ter visto. E isso podia significar que ele estava perdendo a noção da realidade.

Após poucas horas de sono inquieto, Oswald acordou sentindo o cheiro de presunto na frigideira e pão caseiro sendo assado. Seu estômago roncou, lembrando que ele havia pulado o jantar no dia anterior.

Tudo parecia normal. Talvez Oswald devesse simplesmente encarar o dia anterior como um sonho ruim e tentar seguir em frente. Um novo ano letivo, um novo começo.

Depois de uma paradinha no banheiro, ele foi até a cozinha.

— Está se sentindo melhor? — perguntou a mãe.

Lá estava ela, com seu rabo de cavalo e seu roupão rosa felpudo, preparando o café da manhã, como sempre.

Aquilo deixou Oswald absurdamente aliviado.

— Sim — respondeu ele. — Só estou morrendo de fome.

— Bom, isso eu consigo resolver — disse a mãe.

Ela montou um prato com dois pedaços de sanduíche de presunto e lhe serviu um copo de suco de laranja.

Oswald devorou o primeiro pão com três mordidas grandes.

A coisa amarela entrou na cozinha e se sentou diante dele à mesa.

— Ei... Mãe? — chamou o garoto, o coração batendo como um tambor dentro do peito.

O pão se revirou em seu estômago embrulhado.

— O que foi, filho?

Ela estava de costas para os dois enquanto se entendia com a cafeteira.

— Cadê o papai?

Ela se virou com o bule de café na mão e exclamou:

— Oswald, seu pai está bem na sua frente! Se isso for uma brincadeira, pode parar, porque não tem a menor graça.

Ela serviu uma xícara de café e a acomodou na frente da coisa amarela, que encarava o nada com a boca congelada num sorriso eterno.

Oswald entendeu que aquela conversa não ia chegar a lugar algum.

Ou ele estava maluco, ou então a mãe que estava.

— Certo, vou parar — prometeu o garoto. — Desculpa. Posso ir me arrumar para a escola?

— Claro — disse a mãe, olhando para ele daquele jeito esquisito de novo.

Oswald parou no banheiro para escovar os dentes e depois foi até o quarto buscar a mochila. Espiou embaixo da cama, e viu que Jinx continuava escondida ali.

— Ainda bem que tem mais alguém sensato nessa família — comentou o garoto.

Quando voltou para a cozinha, a coisa amarela estava parada ao lado da porta, segurando a chave do carro com a pata.

— Hã... O papai... vai me levar para a escola? — perguntou Oswald.

Ele não sabia se aguentaria se sentar ao lado daquela coisa no carro de novo, torcendo para que ela prestasse atenção no trânsito enquanto encarava o para-brisa com seus olhos sem vida.

— Ué, não é ele que te leva todos os dias? — perguntou a mãe. Dava para ouvir a preocupação na sua voz. — Tenha um bom dia, filho.

Sem alternativa, Oswald entrou no carro ao lado da coisa amarela. Mais uma vez, ela travou as portas apertando o botão na porta do motorista. Saiu da garagem de ré e passou por um vizinho que se exercitava na rua. O homem cumprimentou a coisa amarela como se fosse o pai de Oswald.

— Não estou entendendo — reclamou o garoto, à beira das lágrimas. — Você é real? Isso tudo é real? Ou estou ficando maluco?

A coisa amarela não falou nada, só continuou encarando a rua.

Quando eles pararam na frente do Colégio Westbrook, o guarda de trânsito e as crianças no cruzamento não pareceram notar que o carro estava sendo dirigido por um coelho amarelo gigante.

— Ei — disse Oswald antes de sair do veículo. — Não precisa me buscar hoje à tarde. Volto de ônibus.

O ônibus escolar era uma coisa grande e amarela que ele conseguia enfrentar.

Por culpa de alguma lei cósmica, a primeira pessoa que Oswald viu no corredor foi Dylan, o garoto que o atormentava.

— Ora, ora, se não é Oswald, a Onc...

— Não me enche o saco, Dylan — retrucou Oswald, passando reto. — Tenho problemas maiores que você hoje.

Foi impossível prestar atenção na aula. Geralmente Oswald era um ótimo aluno, mas como focar nos estudos quando sua vida e possivelmente sua sanidade estavam ruindo aos poucos? Talvez ele devesse conversar com a psicóloga da escola ou com o policial que dava apoio à instituição. Mas ele sabia que a história que sairia de sua boca pareceria loucura. Como convencer um policial de que o pai estava desaparecido se todo mundo que olhava para a coisa amarela o via?

Não havia como pedir ajuda. O garoto precisaria dar um jeito de resolver o problema sozinho.

No recreio, ele se sentou num banco do parquinho, aliviado por ter um tempo para pensar sem precisar fingir que estava tudo bem diante dos professores. Sua vida não poderia ficar mais esquisita. Aquela coisa amarela parecia achar que era o pai de Oswald. Isso já seria estranho o suficiente, mas por que todas as outras pessoas tinham a mesma impressão?

— Tudo bem se eu me sentar aqui? — perguntou uma menina que Oswald nunca vira antes.

Ela tinha cabelo preto encaracolado e grandes olhos castanhos. Carregava um livro grosso.

— Claro, fique à vontade — respondeu Oswald.

A garota se sentou do outro lado do banco, abriu o volume e começou a ler. Oswald retomou seus pensamentos confusos e desconcertantes.

— Faz tempo que você estuda aqui? — perguntou a recém-chegada, depois de alguns minutos.

Ela nem olhou para Oswald enquanto falava; só continuou encarando as páginas do livro. Oswald pensou que talvez fosse tímida.

— Desde o jardim da infância — respondeu ele. Então, sem conseguir pensar em mais nada para dizer sobre si mesmo, perguntou: — Esse livro é sobre o quê?

— Mitologia grega. São histórias de heróis. Você costuma ler sobre mitologia?

— Pra falar a verdade, não — disse ele, se sentindo um idiota no mesmo instante. Não queria passar a impressão de que era o tipo de cara que nunca lia. Desesperado, acrescentou: — Mas eu amo ler.

E aí se sentiu mais idiota ainda.

— Eu também — comentou ela. — Acho que já li este livro umas vinte vezes. Pego na biblioteca sempre que quero algo reconfortante. Leio estas histórias quando preciso de coragem.

A palavra *coragem* ecoou dentro de Oswald. Ele também precisava daquilo.

— Como assim?

— Ah, os heróis gregos eram muito corajosos. Lutavam contra monstrengos, tipo o minotauro ou a hidra. Isso me ajuda a colocar as coisas em perspectiva, sabe? Por pior que sejam meus problemas, pelo menos não preciso enfrentar monstros.

— Entendi — falou Oswald, embora estivesse enfrentando um monstro amarelado de orelhas compridas dentro de sua própria casa. Mas não podia contar sobre a coisa amarela. A menina o acharia doido e fugiria na mesma hora. — Então, você disse que lê esse livro quando precisa de coragem... — Ele ficou surpreso por estar conseguindo ter aquela conversa, mesmo com a mente a mil. Era fácil falar com aquela garota. — Quer dizer, sei que não é da minha conta, mas fiquei curioso. Por que você precisaria de... de coragem?

Ela abriu um sorrisinho tímido.

— Primeiro dia numa escola nova, terceiro dia numa cidade nova. Ainda não conheço ninguém.

— Conhece, sim — replicou ele, estendendo a mão. — Meu nome é Oswald.

Não sabia por que estava estendendo a mão como se fosse um empresário, mas sentia que era a coisa certa a fazer.

A menina pegou a mão dele num aperto firme e disse:

— O meu é Gabrielle.

De alguma forma, aquela conversa era exatamente do que Oswald precisava.

Ele voltou no ônibus escolar. Quando entrou em casa, a coisa amarela estava passando aspirador na sala.

O garoto não fez mais perguntas. Não era como se a criatura fosse responder — além do mais, para seu plano funcionar, Oswald precisava agir como se tudo estivesse normal. E, como qualquer um que o vira na peça do quinto ano sabia, atuar não era um de seus talentos.

Assim, ele fez o que faria se a vida estivesse normal, se seu pai de verdade estivesse passando aspirador na sala: pegou o espanador no armário da área de serviço e limpou a mesa de centro, os aparadores e os abajures. Esvaziou o cesto de lixo e ajeitou as almofadas no sofá. Depois foi até a cozinha e tirou o lixo orgânico e o reciclável. Quando saiu de casa com os sacos, ficou tentado a sair correndo, mas sabia que aquela não era a resposta. Como todo mundo achava que a coisa amarela era seu pai, ninguém o ajudaria.

A coisa amarela conseguiria alcançar Oswald.

Ele voltou para dentro de casa.

Depois que terminou suas tarefas, passou direito pelo coelho.

—Vou descansar um pouco antes do jantar — disse o garoto, embora relaxar fosse impossível.

Foi até o quarto, mas não fechou a porta. Em vez disso, tirou os sapatos, se esparramou na cama e começou a rabiscar em seu caderno. Não queria desenhar animais mecânicos, mas não conseguia criar mais nada. Fechou o caderno e começou a ler um mangá... ou pelo menos a fingir que lia. Normal. O plano só funcionaria se ele agisse como se tudo estivesse normal.

Quando o coelho apareceu na porta do quarto, Oswald conseguiu não gritar. A coisa fez um gesto o chamando, como fizera no salão de festas cheio de cadáveres da Freddy Fazbear's. O menino foi até a cozinha. Na mesa estava uma das pizzas congeladas que o pai comprava no mercado, aquecida até a casca ficar com um tom agradável de marrom-dourado, e dois copos do ponche de frutas de que Oswald gostava. A pizza já fora fatiada — um alívio, porque Oswald não sabia o que teria feito se visse a criatura segurando uma faca. Provavelmente sairia correndo e gritando pela rua.

O garoto se sentou à mesa e se serviu de uma fatia. Não estava com muita fome, mas sabia que não podia agir como se houvesse algo errado. Deu uma mordida e um golinho no ponche.

—Você não vai comer nada... pai? — perguntou Oswald.

Era difícil chamar a criatura de *pai*, mas ele conseguiu.

A coisa amarela permaneceu sentada em silêncio diante dele, com seu olhar imóvel e seu sorriso congelado, uma fatia intocada de pizza num prato à sua frente e um copo intocado de ponche ao seu lado.

Será que essa coisa consegue comer?, considerou Oswald. Será que precisava? Que droga era aquilo, afinal? No começo achava que era uma pessoa fantasiada, mas agora não tinha tanta certeza. Será que era um animatrônico sofisticado ou um coelho gigante de carne e osso? Oswald não sabia qual das opções era mais perturbadora.

Com grande esforço, o garoto terminou a refeição e disse:

— Valeu pelo jantar, pai. Vou pegar um copo de leite e depois fazer o dever de casa.

A coisa amarela continuou sentada.

Oswald foi até a geladeira. Sem que a coisa amarela visse, colocou um pouco de leite numa tigela. Quando voltou para o quarto, não fechou nem trancou a porta, porque não era algo que faria se estivesse em casa com o pai. Normal. Normal para não despertar suspeitas.

Deslizou a tigela para baixo da cama, onde Jinx ainda se escondia.

— Vai ficar tudo bem, gatinha — sussurrou ele.

Esperava que sim.

Oswald se sentou na cama, e após alguns minutos ouviu Jinx lambendo o leite. Sabia por experiências anteriores que, mesmo quando estava aterrorizada, ela era incapaz de negar leite. Tentou sem muita vontade fazer o dever de casa, mas era impossível se concentrar. Só conseguia pensar no pai. A coisa amarela o arrastara para dentro da piscina de bolinhas. Será que isso significava que o pai de Oswald estava na Freddy Fazbear's de 1985, vagando pelo fliperama cheio de jogos da sua infância? Era a explicação mais razoável, a menos que estivesse morto...

Não. Oswald não ia se permitir pensar naquilo. O pai dele estava vivo. Tinha que estar. E o único jeito de descobrir era voltar para dentro da piscina de bolinhas.

Mas primeiro Oswald precisava sair de casa sem que a coisa amarela percebesse.

O garoto esperou até escurecer, depois aguardou mais um pouquinho. Enfim, pegou os sapatos e foi para o corredor só de meias, pé ante pé. A porta do quarto dos pais estava aberta. Ele espiou enquanto passava devagar. A coisa amarela estava deitada de costas na cama dos pais. Parecia encarar o teto.

Ou talvez não encarasse nada. Talvez estivesse dormindo. Era difícil saber, já que seus olhos não fechavam. Será que sequer precisava dormir?

Prendendo a respiração, o garoto passou pelo quarto dos pais e se esgueirou até a cozinha. Se a coisa amarela o visse, ele poderia dizer que estava só bebendo água. A cozinha era a melhor rota de fuga. A porta rangia menos que a da frente.

Ele calçou os sapatos e abriu a porta devagar, milímetro a milímetro. Quando conseguiu um vão grande o suficiente, saiu de casa e fechou a porta.

Em seguida, correu. Correu pela vizinhança, passando por gente passeando com o cachorro e crianças de bicicleta. Oswald recebeu alguns olhares estranhos, mas não entendeu o porquê. Pessoas corriam naquele bairro o tempo todo.

Só depois se deu conta de que não estava correndo como se quisesse se exercitar. Estava correndo como se estivesse sendo perseguido. E talvez estivesse mesmo.

A Pizzaria Jeff's era distante, e Oswald sabia que não seria capaz de manter aquele ritmo até chegar lá. Diminuiu o passo para uma caminhada após sair do bairro e escolheu ruas menos movimentadas em vez da rota mais direta, para que fosse mais difícil ser seguido.

Tinha receio de que a pizzaria já tivesse fechado. Porém, quando chegou, morrendo de calor e sem fôlego, a placa de ABERTO ainda estava iluminada. Lá dentro, diante do balcão, Jeff assistia a um jogo de basquete na televisão. Não havia mais ninguém no lugar.

— À noite, a gente só serve pizzas inteiras. Você sabe, né? Não tem mais fatias — disse o proprietário em seu tom monocórdio.

Como sempre, parecia exausto.

— Sei. Só vim comprar um refrigerante para viagem — respondeu Oswald, o olhar já recaindo sobre a piscina de bolinhas.

Jeff ficou meio confuso, mas enfim falou:

— Beleza. Vou só tirar uma torta do forno e já pego o refri para você. É de laranja, né?

— Isso. Obrigado.

Assim que Jeff entrou na cozinha, Oswald correu até o canto do salão e mergulhou na piscina de bolinhas.

O cheiro familiar de mofo atingiu suas narinas quando ele afundou. O garoto se sentou no chão do brinquedo e contou até cem, como sempre, mesmo sem saber se aquilo interferia no processo de saltar para a Freddy Fazbear's de 1985. Quando se mexeu, sentiu algo duro contra a lombar.

Um sapato. Parecia a sola de um sapato. Ele tateou e pegou o calçado. Era uma bota com ponteira de aço como a que o pai usava para trabalhar na usina e continuava usando na Lanche Legal. O menino subiu a mão um pouco mais. Um tornozelo! Um tornozelo coberto pelo tipo de meia grossa de que o pai dele gostava. Oswald se arrastou pelo chão da piscina de bolinhas. O rosto. Precisava sentir o rosto. Se fosse uma cabeça gigante e peluda como a da coisa amarela, talvez ele começasse a gritar e nunca mais parasse. Mas precisava descobrir.

Encostou num ombro. Tateou o peito e sentiu o tecido barato de uma regata branca. Oswald tremia quando começou a subir mais a mão. Sentiu um inconfundível rosto humano. Pele e barba curta. Um homem. Era o pai dele, e estava...

Tinha que estar vivo. Tinha que estar.

Oswald já tinha visto na televisão que, em situações de emergência, algumas pessoas de repente desenvolviam uma força absurda e conseguiam erguer a dianteira de um carro ou trator. Era aquele tipo de força que Oswald precisava encontrar. O pai dele não era muito grande, mas era um adulto e pesava pelo menos o dobro do filho. Oswald precisava arrastar o pai para fora dali se quisesse salvá-lo.

Isso se aquele fosse o pai dele. Se não fosse uma armadilha cruel planejada pela coisa amarela. Oswald não podia nem se permitir pensar nisso, ou não faria o que precisava fazer.

Ele foi para trás da pessoa, passou os braços pelas axilas dela e puxou. Nada aconteceu. *Peso morto*, pensou Oswald. *Não, morto não, por favor... morto não.*

Puxou de novo, com mais força, soltando uma mistura de grunhido com rugido. Dessa vez o corpo se moveu, e Oswald puxou de novo, ficando de pé para erguer a cabeça e os ombros da pessoa acima da superfície de bolinhas. Era o pai dele, pálido e inconsciente... mas respirando, definitivamente respirando. Quando olhou ao redor, o garoto viu que não estavam na Freddy Fazbear's de 1985, e sim na esquisitice convencional da Pizzaria Jeff's do presente.

Como Oswald tiraria o pai dali? Podia ligar para a mãe. Como enfermeira, ela saberia o que fazer. Mas e se achasse que ele tinha surtado de novo ou que estava mentindo? Não, ele não ia cometer esse erro outra vez.

Ele sentiu antes de ver. Uma presença atrás de si, desconfortavelmente próxima. Antes que pudesse se virar, dois braços amarelos peludos o envolveram num abraço apavorante.

Oswald libertou o braço direito e deu uma cotovelada na barriga da coisa amarela. Conseguiu se soltar, mas o coelho bloqueava a saída da piscina de bolinhas. O garoto não conseguiria fugir sozinho, quanto mais carregando o pai desmaiado.

Agindo sem pensar, Oswald deu uma cabeçada no coelho. Se conseguisse fazer a criatura perder o equilíbrio ou empurrá-la para baixo das bolinhas, talvez ela fosse parar na Freddy Fazbear's de 1985 — o que daria a Oswald e ao pai um tempo para escapar.

Então cabeceou a coisa amarela com tudo, lançando-a na direção das cordas e da rede que cercavam o brinquedo. A criatura cambaleou um pouco, mas então se reequilibrou e saltou na direção de Oswald com os braços esticados. Empurrou o menino contra a parede da piscina. Tinha os olhos vazios como sempre, mas o maxilar se escancarou, revelando duas fileiras de dentes afiados como espinhos. Com a boca aberta numa amplitude absurda, o coelho saltou para morder o pescoço de Oswald, que bloqueou o ataque.

Uma pontada de dor subiu pelo antebraço de Oswald quando os dentes da coisa amarela perfuraram sua pele.

Com o outro braço, ele empurrou o rosto do coelho com força, antes que as presas entrassem fundo demais. Presas. Que tipo de coelho bizarro tinha presas?

A mandíbula da coisa o largou... porém, não houve tempo para analisar os danos, porque a criatura disparou na direção do pai de Oswald com a bocarra aberta. Parecia uma cobra prestes a engolir a presa desprevenida.

Seus dentes estavam vermelhos com o sangue de Oswald.

O garoto deu uma cotovelada na coisa amarela, jogando-a para o lado, e se colocou entre o coelho e o pai inconsciente.

— Deixa... meu pai... EM PAZ! — gritou.

Oswald usou a rede que cercava o brinquedo para dar impulso e se jogou nas costas do coelho.

Deu socos na cabeça da criatura e arranhou seus olhos, que não pareciam pertencer a um ser vivo. O coelho cambaleou de costas para cima da rede e das cordas, mas agarrou o braço de Oswald e puxou o garoto na direção da piscina.

O menino mergulhou de cabeça, grato pelo chão ali ser macio. O braço latejava de dor e seu corpo inteiro estava exausto, mas ele precisava se levantar. Precisava salvar o pai. Como aqueles heróis da Grécia Antiga sobre os quais Gabrielle havia lhe contado, ele precisava ser corajoso e encarar o monstro.

Oswald se levantou com as pernas trêmulas.

Enquanto se debatia para tirar o menino das costas, a coisa amarela devia ter se enroscado nas cordas e na rede que isolavam a piscina de bolinhas. Uma corda envolvia o pescoço do coelho, que tentava usar as patas imensas para se libertar. Oswald só entendeu por que a criatura estava tão desesperada quando viu que os pés peludos não tocavam o chão. Ela estava pendurada na corda, atada firmemente a uma barra de metal no topo da atração.

A coisa amarela havia se enforcado. A boca abria e fechava como se estivesse tentando respirar, mas não emitia som algum. As patas ainda tateavam desesperadamente a corda. Seu olhar assustadoramente vazio estava voltado para Oswald, como se pedisse socorro.

O garoto não resgataria aquela coisa.

Depois de mais alguns segundos se debatendo, ela ficou imóvel. Oswald ficou de queixo caído. Pendurado na corda, não havia nada além de uma fantasia de coelho velha, imunda e vazia.

O pai abriu os olhos. Estava com o rosto pálido e a barba por fazer, os olhos inchados e marcados por olheiras escuras. O garoto correu até ele.

— O que estou fazendo aqui? — perguntou o pai.

Oswald pensou no que responder: *Você foi atacado e deixado para morrer por um coelho malvado imenso que tentou te substituir, e eu era a única pessoa capaz de ver que aquele não era você de verdade. Até a mamãe acreditou.*

Não. Aquilo parecia insano demais, e Oswald não queria passar anos na terapia repetindo: *Mas o coelho malvado era REAL!*

Jinx era o único outro ser vivo que sabia da verdade — e não poderia dizer nada em defesa de Oswald.

Além disso, o pai já havia sofrido o bastante.

Oswald sabia que mentir era errado. Também sabia que não era muito bom naquilo. Quando tentava, sempre ficava nervoso, suava muito e dizia "então…" várias vezes. Mas, naquela situação, mentir era a única saída. Ele respirou fundo.

— Então, eu... me escondi na piscina de bolinhas para pregar uma peça em você. Não deveria ter feito isso. Você veio me procurar, e acho que deve ter batido a cabeça e desmaiado. — Oswald respirou fundo. — Desculpa, pai. Eu não queria que as coisas tivessem saído do controle.

Aquilo, ao menos, era verdade.

— Está desculpado, filho. — O pai não parecia bravo, só cansado. — Mas é verdade: você não deveria ter feito isso. E o Jeff deveria se livrar desta piscina de bolinhas antes que seja processado por alguém.

— Com certeza — concordou Oswald.

O garoto sabia que nunca mais botaria o pé naquele brinquedo. Sentiria saudades de Chip e Mike, mas precisava fazer amigos em sua própria época.

Ele se lembrou da garota que se sentara com ele no recreio. Gabrielle. A nova aluna parecia legal. Inteligente, também. Tinha sido divertido conversar com ela.

Oswald estendeu a mão para o pai e disse:

—Vem, eu te ajudo a se levantar.

Com o auxílio do garoto, o pai conseguiu ficar de pé e acompanhou o filho até a saída da piscina de bolinhas. Parou para olhar a fantasia amarela pendurada na corda.

— Que coisa assustadora é essa?

— Não faço a menor ideia — respondeu Oswald.

E não deixava de ser verdade.

Eles saíram da piscina de bolinhas e atravessaram a Pizzaria Jeff's. O proprietário limpava o balcão, assistindo ao jogo de basquete na televisão do restaurante. Será que não tinha visto nem ouvido nada?

Ainda segurando a mão de Oswald (quando tinha sido a última vez que andaram de mãos dadas?), o pai ergueu e analisou o braço do filho.

— Ei, você está sangrando.

— Sim — confirmou Oswald. — Devo ter arranhado o braço enquanto tentava puxar você do fundo da piscina de bolinhas.

O pai balançou a cabeça.

— Como falei, aquele brinquedo é uma ameaça à segurança pública. Pendurar uma placa escrito PROIBIDO USAR não é o bastante. — Ele soltou o braço do filho. — A gente limpa essa ferida em casa, e depois sua mãe faz um curativo quando voltar do trabalho.

Oswald se perguntou o que a mãe diria quando visse as marcas das presas.

Quando estavam quase chegando à porta da frente, Oswald falou:

— Pai, sei que sou um pé no saco às vezes, mas eu te amo muito, viu?

O pai olhou para ele com uma mistura de alegria e surpresa.

— Digo o mesmo, moleque. — Ele bagunçou o cabelo de Oswald. — Mas você tem um péssimo gosto para filmes de ficção científica.

— Ah, nem vem. — Oswald sorriu. — Você tem um péssimo gosto para música. E sempre escolhe o sabor mais sem graça de sorvete.

Juntos, abriram a porta e saíram para o ar fresco da noite.

Atrás deles, Jeff gritou:

— Ei, garoto! Você esqueceu o refrigerante!

SER BONITA

Gorda e sem curvas. Eram naquelas palavras que Sarah pensava quando se olhava no espelho — o que fazia com frequência.

Como alguém com uma pança daquele tamanho conseguia ser reta como uma tábua em outras áreas? Algumas garotas tinham corpos com formato de ampulheta ou de pera. Sarah, por sua vez, parecia uma batata. Seu nariz bulboso, suas orelhas proeminentes e suas partes que pareciam agrupadas de forma aleatória a lembravam da sra. Mistureba, uma boneca de sua infância que tinha vários olhos, orelhas, narizes e bocas que podiam ser anexados à base criando combinações hilárias. Por isso, Sarah tinha se apelidado de sra. Mistureba.

Mas ao menos a sra. Mistureba tinha o sr. Mistureba. Ao contrário das garotas mais bonitas da escola, que Sarah chamava de Beldades, ela não tinha namorado nem pretendente. Claro, havia um garoto com o qual sonhava — mas sabia que ele não sonhava com ela. Sarah suspeitava que, assim como a sra. Mistureba, precisaria esperar até que um rapaz igualmente desprovido de beleza surgisse.

Enquanto isso, porém, precisava terminar de se arrumar para a escola.

Ainda encarando seu pior inimigo, o espelho, Sarah passou um pouco de rímel e um protetor labial cor-de-rosa. Como presente de aniversário, a mãe finalmente tinha autorizado que ela começasse a usar um pouco de maquiagem. Sarah deu uma bagunçada no cabelo castanho e sem graça. Suspirou. Não era grande coisa, mas era o melhor que dava para fazer.

As paredes do seu quarto eram decoradas com fotos de modelos e estrelas da música pop recortadas de revistas. Elas usavam sombra esfumaçada nos olhos, tinham lábios carnudos e pernas longas. Eram esbeltas, curvilíneas e confiantes. Eram jovens, mas com jeito de mulher. E, nos corpos perfeitos, usavam roupas caríssimas que Sarah jamais teria como comprar. Às vezes, enquanto se arrumava pela manhã, a garota sentia que aquelas deusas da beleza a observavam cheias de decepção. *Nossa*, elas pareciam dizer, *você vai vestir ISSO?* Ou: *Sem chance de você ser modelo, queridinha.* Mesmo assim, a menina gostava de manter as deusas ali. Como não conseguia enxergar beleza quando olhava no espelho, ao menos podia enxergá-la nas paredes.

Na cozinha, a mãe já estava arrumada para o trabalho com seu vestido longo de estampa floral e o cabelo grisalho comprido solto nas costas. Ela nunca usava maquiagem nem fazia penteados, e tinha uma tendência a acumular gordura nos quadris. Ainda assim, Sarah precisava admitir que a mãe era dona de uma beleza natural que ela mesma não tinha. *Talvez seja o tipo de característica que pula uma geração*, pensava a menina.

— Oi, meu amorzinho — cumprimentou a mãe. — Trouxe uns bagels. Do tipo que você gosta, cheio de sementinhas em cima. Quer que eu coloque um na torradeira para você?

— Não, vou tomar só um iogurte — respondeu Sarah, mesmo com a boca salivando ao pensar num bagel torradinho cheio de cream cheese. — É melhor evitar esse monte de carboidratos.

A mãe revirou os olhos.

— Sarah, cada potinho de iogurte daqueles só têm noventa calorias. É surpreendente você não desmaiar de fome na escola — alertou ela, abocanhando o bagel que tinha preparado para si mesma. Havia cortado ele ao meio e depois juntado as metades, como num sanduíche. Cream cheese escorreu quando ela deu outra mordida. De boca cheia, a mãe continuou:

— Além disso, você é nova demais para se preocupar com carboidratos.

E você é velha demais para não se preocupar, Sarah quis retrucar, mas se conteve. Em vez disso, falou:

— Um iogurte e uma garrafa d'água são mais do que suficientes para me saciar até a hora do almoço.

—Você que sabe. Mas, juro, esse bagel está uma delícia.

Ao contrário da maioria das manhãs, Sarah conseguiu pegar o ônibus escolar a tempo, então não precisou ir caminhando. Ficou sozinha durante o trajeto, assistindo a tutoriais de maquiagem no celular. Talvez, a partir de seu próximo aniversário, a mãe a deixasse usar mais do que rímel, BB cream e protetor labial com pigmento. Ela poderia comprar produtos para fazer um contorno de verdade e deixar as bochechas mais pronunciadas e o nariz mais fino. Pagar uma profissional para fazer sua sobrancelha também ajudaria. Por enquanto, Sarah e sua pinça travavam uma batalha diária contra a monocelha.

Foi antes da primeira aula do dia, enquanto pegava o livro de ciências no armário, que ela as viu. Passaram pelo corredor como se fossem supermodelos desfilando na passarela, e todo mundo — *todo mundo* — parou o que estava fazendo para olhar. Lydia, Jillian, Tabitha e Emma. Eram líderes de torcida. Rainhas. Estrelas. Todas as garotas da escola queriam ser como elas, e todos os garotos da escola queriam ficar com elas.

Eram as Beldades.

Cada uma tinha seu tipo particular de beleza. Lydia era loira, de olhos azuis e pele bem clarinha. Jillian tinha cabelo ruivo escuro e olhos verdes alongados. Tabitha era negra, com olhos castanhos e um cabelo sedoso e escuro. Emma tinha cabelo castanho-claro e olhos grandes como os de um cervo. Todas tinham cabelo comprido — perfeito para jogar para trás e fazer charme — e eram magras, mas com curvas na região do busto e dos quadris, que ficavam bem em qualquer roupa.

E por falar em roupas...!

Os looks eram tão bonitos quanto as meninas, todos de grife, comprados em lojas das cidades grandes que visitavam nas férias. Naquele dia, estavam combinando de preto e branco — um vestidinho preto com gola e punhos brancos em Lydia, uma camisa branca com minissaia preta de bolinhas em Jillian, uma blusa listrada em...

— O que é isso, um bando de pinguins? — disparou uma voz, cortando os pensamentos admirados de Sarah.

— Hein?

Sarah se virou e viu Abby, sua melhor amiga desde o jardim de infância, a seu lado. Ela vestia um poncho horrendo e uma saia longa com estampa floral. Parecia pronta para armar uma tenda de leitura de mãos na feira da escola.

— Eu falei que elas estão parecendo um bando de pinguins — repetiu Abby. — Tomara que não tenha nenhuma foca faminta por aqui.

Ela imitou o barulho de uma foca bem alto, então caiu na gargalhada.

— Você é maluca — disse Sarah. — Para mim, elas estão perfeitas.

— Para você, sempre estão — rebateu Abby, abraçando o livro de sociologia. — Tenho uma teoria sobre o motivo.

—Você tem teorias sobre tudo.

Era verdade. Abby queria ser cientista, e suas muitas teorias viriam a calhar um dia, quando estivesse no pós-doutorado.

— Lembra quando a gente era mais nova e brincava de Barbie? — perguntou Abby.

Quando eram pequenas, Sarah e Abby tinham malinhas cor-de-rosa cheias de Barbies com várias roupinhas e acessórios. Cada dia, uma ia na casa da outra e as duas brincavam por horas, parando só para tomar suco de caixinha e comer biscoito de água e sal. A vida era simples naquela época.

— Lembro — respondeu Sarah.

Era engraçado perceber que Abby não tinha mudado muito desde então. Ainda trançava os cabelos, ainda usava os mesmos óculos de armação dourada. As diferenças eram o aparelho fixo e alguns centímetros a mais de altura. Mesmo assim, quando Sarah olhava para Abby, via ao menos uma promessa de beleza ali. Abby tinha uma tez marrom-clara impecável e olhos castanhos deslumbrantes por trás dos óculos. Fazia aula de dança depois da escola e tinha um corpo gracioso e esbelto, mesmo que o escondesse sob ponchos horrendos e roupas largas. Sarah não tinha beleza alguma, e isso a atormentava. Abby era bonita, mas era tão desencanada que nem notava.

— Minha teoria — começou Abby, com a animação típica de quando explicava algo — é que você amava brincar com Barbies, mas agora ficou velha demais para isso. Então, precisa de substitutas para as bonecas: essas fashionistas cabeça de vento. É por isso que quer brincar com elas.

Brincar? Às vezes Abby parecia uma criancinha.

— Não quero brincar com elas — insistiu Sarah, embora não tivesse tanta certeza disso. — Já sou grandinha demais para brincar com o que quer que seja. Eu só... admiro as meninas.

Abby revirou os olhos.

— Admira o quê? Elas conseguirem combinar a maquiagem com a cor da roupa? Prefiro mil vezes admirar Marie Curie e Rosa Parks.

Abby sempre tinha sido muito nerd. Era adorável, mas nerd mesmo assim.

— Bom, você nunca ligou muito para moda. Lembro como tratava suas Barbies — disse Sarah, sorrindo.

Abby retribuiu o sorriso e replicou:

— Teve a vez que raspei a cabeça de uma delas. E pintei o cabelo de outra com canetinha verde para ela ficar parecendo uma supervilã maluca. — Abby agitou as sobrancelhas. — Se aquelas patricinhas me deixassem brincar com elas assim, talvez eu ficasse interessada.

Sarah riu.

—Você que é a supervilã da história.

— Que nada — rebateu Abby. — Sou só uma sabichona. O que é muito mais legal do que ser uma daquelas líderes de torcida.

Abby se despediu com um tchauzinho e correu para a aula.

No horário de almoço, Sarah se sentou de frente para Abby. Era sexta-feira, dia de pizza. Na bandeja da amiga, havia uma fatia, um potinho de salada de frutas e uma caixinha de leite. A pizza da escola não era das melhores, mas pizza era pizza — sempre gostosa. Ainda assim, tinha carboidrato demais. Sarah se serviu no buffet de salada, enchendo o prato de folhas com molho light de vinagrete. Preferia molho caesar, mas era bem mais calórico.

As outras pessoas na mesa eram os nerds que comiam bem rápido para poder jogar cartas colecionáveis até o sinal bater. Sarah sabia que as Beldades diziam que aquela era "a mesa dos fracassados".

Sarah espetou uma folha de alface com o garfinho de plástico.

— O que você faria se tivesse um milhão de dólares? — perguntou ela para Abby.

A amiga sorriu.

— Fácil. Primeiro, eu iria...

— Calma! — interrompeu Sarah, porque sabia muito bem o que Abby diria. — Não vale falar que doaria o dinheiro para instituições de caridade, pessoas sem-teto ou sei lá o quê. O dinheiro é só para você.

Abby sorriu.

— E como é dinheiro imaginário, não preciso me sentir culpada.

— Isso — falou Sarah, abocanhando uma minicenoura.

— Certo. — Abby deu uma mordida na pizza e mastigou, refletindo. — Bom, nesse caso, eu iria usar a grana para viajar. Acho que para Paris primeiro, com meus pais e meu irmão. Ia ficar num hotel chique, ver a Torre Eiffel e o Louvre, comer nos melhores restaurantes, me entupir de sobremesa, tomar café em lugares charmosos e ficar olhando as pessoas na rua. E você, o que faria?

Sarah remexeu a alface no prato.

— Ah, eu com certeza faria um clareamento dental, e também iria num daqueles salões modernos para cortar e pintar o cabelo. De loiro, mas um tom natural. Faria tratamentos de pele e me maquiaria com produtos de qualidade, não com aquelas porcarias de farmácia. E também faria uma plástica no nariz. Eu queria fazer outros procedimentos também, mas não sei se topariam operar uma criança.

— E nem deveriam! — exclamou Abby. Estava chocada, como se Sarah tivesse dito algo realmente horrível. — É sério que você se submeteria a tanta dor e sofrimento só para mudar sua *aparência*? Eu tirei as amídalas, e foi horrível. Nunca mais quero operar de novo. — Ela encarou Sarah. — Qual é o problema com o seu nariz?

Sarah levou a mão ao rosto.

— Não é óbvio? Ele é imenso.

Abby riu.

— Não, não é. É um nariz normal. Um nariz legal. E, se você parar para pensar, existe algum nariz bonito? Narizes são meio esquisitos. Gosto mais de focinhos do que de narizes. Meu cachorro tem um focinho bem fofo.

Sarah olhou de soslaio para a mesa das Beldades. Todas tinham narizes perfeitos e delicados, pequeninos e adoráveis. Não eram narigões de batata como o dela.

Abby seguiu o olhar da amiga e comentou:

— Ah, as pinguins de novo? Pois bem, pinguins até que são fofos, mas são todos iguais. Você é uma pessoa, um indivíduo.

— Sim, um indivíduo feio — falou Sarah, empurrando o prato de salada para o lado.

— Não, um indivíduo bonito que se preocupa demais com a própria aparência. — Abby tocou o punho de Sarah. — Você mudou muito nos últimos anos, Sarah. A gente costumava conversar sobre livros, filmes, música. Agora você só quer reclamar da sua aparência e falar sobre roupas, cortes de cabelo e maquiagens que gostaria de comprar. E, em vez de fotos de animais fofos nas paredes do seu quarto, agora só tem fotos daquelas modelos magrelas. Eu preferia muito mais os bichinhos.

Sarah sentiu a raiva subindo pela garganta. Como Abby ousava julgá-la daquele jeito? Amigas não deveriam julgar umas às outras. Ela se levantou.

— Você tem razão, Abby — disse Sarah, alto o bastante para que as outras pessoas na mesa se virassem para ela. — Eu mudei. Cresci, mas você não. Penso sobre assuntos de adulto, enquanto você ainda compra adesivos, assiste a animações e desenha cavalos!

Sarah estava tão irritada que se afastou a passos firmes, deixando a bandeja na mesa para outra pessoa recolher.

No fim do dia letivo, ela já tinha elaborado um plano. Não voltaria a se sentar na mesa dos fracassados, porque não seria uma fracassada. Seria tão popular e bonita quanto possível.

Foi incrível como o plano surgiu de uma hora para a outra. Assim que chegou em casa, vasculhou a gaveta onde guardava seu dinheiro. Tinha vinte dólares que ganhara de aniversário da avó e mais dez que sobraram da mesada. Era suficiente.

A loja de cosméticos ficava a quinze minutos a pé da casa de Sarah. Ela iria até lá e compraria os itens necessários antes que a mãe voltasse do trabalho, às seis.

O estabelecimento era bem iluminado, com inúmeros corredores de produtos de beleza: pincéis, modeladores de cachos, secadores de cabelo, esmaltes, maquiagem. Sarah foi até a prateleira com a indicação TINTURA DE CABELO. Não precisava de um milhão de dólares para ficar loira. Poderia achar uma solução de uns dez dólares que parecesse de um milhão. Ela escolheu a cor PLATINADO PURO. A embalagem tinha a imagem de uma modelo sorridente com cabelo longo, luminoso e dourado quase branco. Lindo.

A atendente do caixa tinha o cabelo tingido de um vermelho chamativo e usava cílios postiços que a faziam parecer uma girafa.

— Se quiser que seu cabelo fique da cor da foto, precisa descolorir primeiro — explicou a mulher.

— Descolorir? Como? — perguntou Sarah.

A mãe dela dizia que água sanitária às vezes descoloria as coisas, mas não devia ser bom usar água sanitária no cabelo.

— Vai precisar de água oxigenada. Fica no fim do corredor dois — indicou a caixa.

Quando Sarah voltou com o potinho de plástico, a mulher semicerrou os olhos.

— Sua mãe sabe que você vai pintar o cabelo, docinho?

— Claro — mentiu Sarah, sem fazer contato visual. — Ela não liga.

Mas não sabia se a mãe ligaria. Logo iria descobrir.

— Então tudo bem — falou a atendente, colocando as compras numa sacolinha de plástico. — Talvez ela possa te ajudar. Garantir que a tinta esteja bem passada para a cor ficar uniforme.

Em casa, Sarah se trancou no banheiro e leu as instruções na embalagem da tintura. Pareciam simples. Vestiu as luvas de plástico que vinham na caixinha, pendurou uma toalha nas costas e passou a água oxigenada no cabelo. Não sabia quanto tempo tinha que deixar o produto agindo, então se sentou na beira da banheira, jogou um pouco no celular e assistiu a alguns tutoriais de maquiagem no YouTube.

Primeiro, o couro cabeludo começou a coçar. Depois, a arder. Ardia como se alguém tivesse jogado vários fósforos acesos em seu cabelo. Ela procurou na internet "quanto tempo deixar a água oxigenada no cabelo".

A resposta que apareceu foi: "No máximo trinta minutos."

Quanto tempo já tinha se passado? Ela se levantou num pulo, pegou a duchinha do chuveiro, abriu a água fria, inclinou a cabeça dentro da banheira e começou a lavar o cabelo. A água gelada aliviou a ardência.

Quando se olhou no espelho, viu o cabelo bem branco. Era como se ela tivesse envelhecido de uma hora para a outra. O banheiro cheirava a água oxigenada. Seu nariz escorria e seus olhos lacrimejavam. Ela abriu a janelinha e pegou o pote de tintura.

Hora de completar a transformação.

Misturou os ingredientes na garrafinha de plástico, passou a gosma no cabelo e massageou os fios. Colocou um alarme no celular para dali a vinte e cinco minutos e se acomodou para esperar. Quando sua mãe chegasse em casa, a garota já estaria parecendo outra pessoa.

Ficou mexendo no celular, toda feliz, até o alarme tocar. Depois, enxaguou de novo os fios com a ducha. Nem deu atenção para o condicionador que vinha na caixinha porque estava ansiosa demais para ver o resultado. Enxugou o cabelo numa toalha e se virou para o espelho, pronta para conhecer sua nova versão.

Sarah gritou.

Gritou tão alto que o cachorro do vizinho começou a latir. Os fios não estavam loiro-platinado, e sim verde-musgo. Sarah se lembrou de Abby pequenininha, pintando o cabelo da Barbie com canetinha verde.

Ela se transformara naquela Barbie.

Como? Como era possível fazer algo para ficar bonita e acabar ainda mais feia? Por que a vida era tão injusta? Ela correu até o quarto, se jogou na cama e chorou. Devia ter chorado até cair num sono miserável, porque, quando deu por si, a mãe estava sentada na beirada de sua cama.

— O que aconteceu aqui?

Sarah abriu os olhos e viu o choque no rosto da mãe.

— Eu... Eu tentei pintar meu cabelo — explicou a menina, aos soluços. — Queria ser loira, mas... mas...

— Acabou com o cabelo verde. Já percebi — completou a mãe. — Bom, eu ia dizer que haveria consequências por ter pintado o cabelo sem minha permissão, mas acho que você já está lidando com algumas delas. Não vai se safar de limpar aquele banheiro, mas antes a gente precisa descobrir como fazer você parecer menos... marciana. — Ela tocou o cabelo de Sarah. — Nossa, está seco como palha. Certo, coloque os sapatos. O salão de beleza do shopping ainda deve estar aberto. Talvez eles consigam dar um jeito nisso.

Sarah calçou os tênis e escondeu o cabelo cor de musgo por baixo de um boné. Quando chegaram ao salão e Sarah tirou o boné, a cabeleireira arregalou os olhos.

— Ainda bem que você procurou ajuda imediatamente. Essa é uma emergência capilar.

Uma hora e meia depois, o cabelo de Sarah tinha voltado a ser castanho. Estava alguns centímetros mais curto, porque a cabeleireira precisara cortar as pontas danificadas.

— Bom, acabei gastando uma boa grana — comentou a mãe, no carro voltando para casa. — Devia ter deixado você ir para a escola de cabelo verde. Ia ser uma boa lição.

Sarah voltou para a escola não em sua glória platinada, mas com os fios castanhos e sem graça de sempre. Quando chegou a hora do recreio, porém, ela resolveu que, mesmo sem o cabelo loiro, não se sentaria na mesa dos fracassados. Fez um prato no buffet de salada e passou direto por Abby. Não precisava das críticas dela.

Sentiu um frio na barriga ao se aproximar da mesa das Beldades. Pelo jeito, tinham decidido que era o Dia do Jeans, porque estavam todas usando jeans bem grudadinhos com blusas justas de tons chamativos e tênis da mesma cor.

Sarah se sentou do lado oposto da mesa, longe o bastante para não parecer que estava se intrometendo, mas perto o suficiente para que pudessem incluí-la, se quisessem.

Esperou alguns minutos, na expectativa de que uma das Beldades a mandasse ir embora, mas ninguém falou nada. Sarah ficou aliviada e esperançosa, mas então se deu conta de que sequer haviam notado sua presença. Só continuaram a conversa como se ela fosse invisível.

— Mentira que ela disse isso!
— Juro, disse, sim!
— Não acredito!
— É verdade!

— E o que ele respondeu?

Sarah remexeu a salada no prato e tentou acompanhar o assunto, mas não tinha ideia de quem eram as pessoas da conversa... e não ia perguntar de jeito nenhum. Talvez as garotas nem ouvissem se ela dissesse algo. Se não a enxergavam, era possível que tampouco a escutassem. Ela se sentia um fantasma.

A menina pegou a bandeja e seguiu na direção da lixeira, desesperada para dar o fora do refeitório. Para dar o fora da escola, na verdade. Mas ainda teria que sofrer durante mais dois períodos: a aula tediosa de sociologia e aquela porcaria de matemática. Imersa em sua agonia, ela trombou com um garoto alto e derrubou as sobras da salada na camisa imaculadamente branca dele.

Quando ergueu o rosto, Sarah se deparou com os olhos azul-marinho de Mason Blair, o garoto mais perfeito da escola. Ela sempre desejou ser notada por ele.

— Ei, presta atenção por onde anda — reclamou ele, tirando uma fatia de pepino da camisa cara.

O pepino cheio de molho vinagrete tinha deixado uma marca oleosa redonda no meio do peito de Mason.

— Foi mal! — exclamou Sarah, jogando o resto da salada (o que não tinha ficado grudado no garoto) no lixo antes de sair correndo do refeitório.

Que pesadelo. Ela queria que Mason a notasse, mas não daquele jeito. Não como a garota feia e desastrada de cabelo castanho ressecado e cheio de frizz que tinha dado um novo significado à expressão *estar com um pepino*. Por que tudo tinha que dar errado para ela? As Beldades nunca faziam nada idiota ou desajeitado, nunca se humilhavam na frente de meninos atraentes. A beleza delas era uma armadura que as protegia da dor e do constrangimento da vida.

Depois que as aulas se arrastaram até o fim, Sarah decidiu voltar para casa a pé em vez de pegar o ônibus. Considerando o andamento do seu dia, não queria correr o risco de ficar na presença de um grupo grande de alunos. Seria um convite ao desastre.

Ela seguiu sozinha, dizendo a si mesma que deveria se acostumar à solidão. Sempre estaria sozinha. Passou pela barraquinha de sorvete Vaca Amarela, onde as Beldades iam com os namorados depois da escola, rindo enquanto dividiam milkshakes ou sundaes, sentados juntos em mesas de piquenique. É claro que as Beldades podiam devorar tanto sorvete quanto quisessem sem engordar um só grama. A vida era muito injusta.

Para chegar em casa, Sarah precisava passar pelo ferro-velho. Era um terreno feio de terra batida repleto de carcaças de carros destruídos. Havia caminhonetes esmagadas, SUVs detonadas e veículos reduzidos a montes de sucata. Ela tinha certeza de que nenhuma das Beldades precisava passar por lugares tão horrendos a caminho de casa.

Embora o ferro-velho fosse horrível (ou talvez *justamente* por ser tão horrível), ela não conseguia desviar o olhar quando passava por ali. Era como um motorista espiando um acidente na beira da estrada.

O carro mais próximo da cerca se enquadrava perfeitamente na categoria "monte de sucata". Era um daqueles sedãs antigos e imensos que pessoas mais velhas ainda dirigiam, o tipo de carro que a mãe de Sarah chamava de "banheira". Aquela banheira já tinha visto dias melhores. O carro havia sido azul-claro, mas agora era quase todo marrom-alaranjado. Em alguns lugares, a ferrugem carcomera todo o metal, e o chassi estava tão desgastado que parecia ter sido atacado por uma multidão furiosa armada com tacos de beisebol.

Foi quando Sarah viu o braço.

Um braço magro e delicado, pendurado para fora do porta-malas, a mãozinha branca com os dedos esticados como se estivesse acenando para dizer oi. Ou para pedir ajuda, como uma pessoa se afogando.

Sarah ficou muito curiosa. Aquela mão se conectava a quê?

O portão estava destrancado. Ao que parecia, ninguém estava olhando. Depois de se certificar de que os arredores se encontravam desertos, ela entrou no ferro-velho.

A garota se aproximou do velho sedã e encostou no braço, acima da mão. Parecia ser de metal. Encontrou o botão para abrir o porta-malas e o apertou, mas a tranca não cedeu. O carro estava tão amassado e destruído que o porta-malas estava emperrado, sem abrir nem fechar direito.

Sarah se lembrou da história que um professor lera para sua turma anos antes. Um conto sobre como o rei Artur tinha sido o único capaz de puxar uma espada fincada em uma pedra. Será que ela conseguiria arrancar aquela boneca — ou o que quer que fosse — de dentro do veículo detonado? Olhou em volta até encontrar um pedaço de metal liso e firme que talvez funcionasse como um pé de cabra improvisado.

A menina apoiou o pé no para-choques destroçado do sedã, enfiou o metal na fresta do porta-malas e fez força para baixo. A primeira tentativa foi em vão, mas na segunda a tampa se abriu. Sarah perdeu o equilíbrio e caiu para trás, de bunda na terra. Logo se levantou para inspecionar a quem pertencia a mão saindo do porta-malas.

Será que era uma boneca velha, abandonada por alguma menininha que havia crescido e a jogado no lixo? A hipótese deixou Sarah triste.

Ela puxou o brinquedo e o colocou de pé. Quando observou com calma, pensou que talvez "boneca" não fosse a melhor palavra para descrevê-lo. Era alguns centímetros mais alto que a própria Sarah, e tinha articulações que permitiam movimentos nos membros e na cintura. Talvez fosse uma marionete? Um robô?

O que quer que fosse, era linda. Tinha grandes olhos verdes com cílios compridos, lábios com a curvinha bem acentuada e círculos rosa nas bochechas. Era uma maquiagem de palhaça, mas uma palhaça bonita. Seu cabelo vermelho estava preso em duas marias-chiquinhas. O corpo prateado era esbelto, com pescoço longo, cintura fina e busto e quadril curvilíneos. As pernas e os braços eram compridos, finos e elegantes. Parecia uma versão robótica das supermodelos maravilhosas nas paredes do quarto de Sarah.

De onde a robô tinha vindo? E por que alguém iria querer se livrar de um objeto tão bonito e perfeito?

Bem, quem havia largado a boneca no ferro-velho não a queria mais, mas Sarah queria. Ela pegou a garota robô e notou que era surpreendentemente leve. Carregou-a de lado, com o braço envolvendo a cintura delicada.

Já em casa, sozinha no quarto, Sarah colocou a boneca no chão. Estava um pouco manchada e empoeirada, como se tivesse passado um bom tempo no meio da sucata. A garota foi até a cozinha e pegou um pano e um produto de limpeza que supostamente servia para superfícies de metal. Borrifou e esfregou a parte da frente da robô, centímetro a centímetro, dos pés à cabeça. Brilhante, ela ficava ainda mais bela. Quando Sarah passou para a parte de trás, notou um interruptor na lombar da boneca. Depois de terminar a limpeza, acionou o botão.

Nada aconteceu. Sarah deu as costas para a robô, um pouco decepcionada. Mas a boneca continuava sendo legal, mesmo que não fizesse nada.

De repente, alguns estalidos fizeram a menina se virar. A boneca chacoalhava, como se estivesse prestes a ganhar vida ou pifar de vez. Depois, ficou imóvel.

Sarah se conformou de novo com a ideia de que a robô não ia fazer nada.

Até ela fazer.

A cintura da robô girou, movendo seu torso. Devagar, ela ergueu e baixou os braços. Então voltou o rosto para Sarah, parecendo encarar a garota com seus grandes olhos verdes.

— Olá, amiga — disse ela, na voz ligeiramente metálica de uma jovem. — Meu nome é Eleanor.

Parecia que o brinquedo estava falando pessoalmente com ela, mas Sarah sabia que isso era impossível.

— Oi — sussurrou a menina, se sentindo um tanto boba por estar conversando com um objeto inanimado. — Meu nome é Sarah.

— Prazer, Sarah — cumprimentou a garota robótica.

Uau. Como ela conseguia repetir seu nome? *Deve ter algum tipo de computador bem sofisticado embutido nela*, pensou Sarah. Seu irmão saberia explicar esse tipo de coisa; estava cursando ciência da computação na faculdade.

A robô deu alguns passos surpreendentemente fluidos na direção de Sarah.

— Obrigada por me resgatar e me limpar, Sarah — disse Eleanor. — Estou me sentindo novinha em folha.

Ela rodopiou, num gesto elegante e feminino que fez sua saia curta rodar.

Sarah ficou de queixo caído. Aquela coisa era capaz de conversar, de *pensar*?

— Hã... Não tem de quê — replicou a menina.

Eleanor colocou a mãozinha fria e dura no rosto dela, então pediu:

— Agora, me diga o que posso fazer por você, Sarah.

Ela ficou encarando o rosto belamente estático da robô.

— Como assim?

— Você fez uma gentileza para mim. Agora, preciso retribuir e fazer uma gentileza para *você*. — Eleanor inclinou a cabeça para o lado, como um filhotinho adorável. — O que você quer, Sarah? Quero realizar seus desejos.

— Ah, não quero nada — respondeu a menina.

Não era verdade, mas, de toda forma, como aquela robô conseguiria transformar seus desejos em realidade?

— Todo mundo quer alguma coisa — insistiu Eleanor, afastando o cabelo de Sarah de seu rosto. — O que *você* quer, Sarah?

A menina respirou fundo. Olhou para as fotos de modelos, atrizes e estrelas do pop nas paredes. Podia admitir o que passava pela sua cabeça. Eleanor era uma robô. Não a julgaria.

— Eu quero... — sussurrou, constrangida. — Quero... ser bonita.

Eleanor bateu palminhas.

— Ser bonita! Que desejo maravilhoso! Mas é um desejo grande, Sarah, e eu sou pequenininha. Me dê vinte e quatro horas, que vou elaborar um plano para começar a realizar esse desejo.

— Claro, sem problemas — respondeu Sarah, sem acreditar por um instante sequer que aquela robô fosse capaz de transformar sua aparência.

Era difícil de acreditar até que estava conversando com a boneca.

Quando Sarah acordou na manhã seguinte, Eleanor estava de pé num canto do quarto e parecia tão desprovida de vida quanto os outros objetos decorativos de Sarah. Não parecia mais viva do que o Freddy Fazbear de pelúcia que ficava em sua cama desde que tinha seis anos. Talvez a conversa com Eleanor tivesse sido apenas um sonho vívido.

Naquela tarde, quando Sarah chegou da escola, Eleanor girou o torso, ergueu e baixou os braços e se moveu devagar na direção dela.

— Fiz uma coisa para você, Sarah — anunciou a boneca, levando as mãos às costas e mostrando um colar.

Era uma corrente prateada volumosa, com um grande pingente de coração. Diferente. Bonito.

— Você fez isso para mim? — perguntou Sarah.

— Sim. Quero que me prometa uma coisa. Coloque este colar e nunca, nunca tire do pescoço. Promete que vai ficar sempre com o meu presente?

— Prometo. Obrigada por fazer esse colar para mim. É muito bonito.

— E você também vai ser bonita — garantiu Eleanor. — Como seu desejo é muito grande, Sarah, só posso realizá-lo aos pouquinhos. Mas se você usar o colar o tempo todo, a cada manhã, vai acordar um pouco mais bonita.

Eleanor estendeu o acessório para Sarah, que o aceitou.

— Certo, obrigada — disse a garota, sem acreditar nas palavras de Eleanor por um só minuto.

Mesmo assim, colocou a corrente no pescoço, porque o pingente era muito bonito.

— Fica bem em você — comentou Eleanor. — Agora, para que o colar funcione, precisa me deixar cantar para você dormir.

— Agora? — perguntou Sarah.

Eleanor assentiu.

— Mas está cedo — argumentou a garota. — Minha mãe ainda nem chegou do trabalho...

— Para que o colar funcione, você precisa me deixar cantar para você dormir — repetiu Eleanor.

— Bom, acho que não tem problema eu tirar um cochilo — concordou Sarah, na dúvida se já não estava adormecida e sonhando.

— Vá para a cama — orientou Eleanor, seguindo com seu passo suave até parar ao lado do leito de Sarah. Apesar de ser uma robô, tudo nela era feminino e adorável.

Sarah ergueu as cobertas e se deitou na cama. Eleanor se sentou na beirada e começou a fazer cafuné na garota com sua mãozinha gelada. Cantou:

Durma, durma,
Durma, Sarah querida.
Quando acordar, quando acordar,
Todos os seus sonhos vão se realizar.

Antes que Eleanor entoasse a última nota, Sarah já havia adormecido.

Sarah costumava acordar meio atordoada e de mau humor, mas naquela manhã despertou se sentindo ótima. Viu Eleanor de pé no canto do quarto, em sua pose de objeto inanimado. Ter a boneca ali fazia Sarah se sentir segura, como se a robô estivesse de guarda.

Talvez seja mesmo só um objeto inanimado, pensou Sarah enquanto se sentava na cama. Mas então estendeu a mão para a garganta e sentiu o pingente prateado de coração. Se o colar era real, a conversa que tivera com Eleanor também devia ser. E, quando afastou a mão da corrente, a menina percebeu outra coisa.

Seu braço. Os dois braços, na verdade. Estavam mais magros e definidos; sua pele, geralmente macilenta, brilhava com uma aparência saudável. As áreas ressecadas sumiram, e ambos os membros eram macios ao toque. Mesmo seus cotovelos rachados estavam lisos como o focinho de um gatinho.

E seus dedos... Quando tocou os braços, sentiu algo diferente neles também. Estendeu as mãos para inspecioná-los. Os dedos, antes gordinhos, estavam longos, elegantes e afunilados. As unhas curtas e nodosas agora ultrapassavam a ponta dos dedos, perfeitamente ovais. Também estavam pintadas num rosinha deslumbrante, cada uma parecendo uma pétala perfeita de uma flor desabrochada.

Sarah correu até o espelho para analisar a si mesma. Ainda era a mesma mistura desconexa de rosto, nariz e corpo, mas agora tinha um par impecável de braços e mãos. Pensou nas palavras de Eleanor na noite anterior: "A cada manhã, vai acordar um pouco mais bonita."

Estava definitivamente mais bonita. Será que a transformação se daria daquela forma: a cada dia, uma parte diferente seria renovada?

Sarah disparou até o canto onde Eleanor ficava.

— Amei meus braços e minhas mãos novas! Muito obrigada! — exclamou ela para a robô imóvel. — Então, vou acordar toda manhã e encontrar uma parte modificada até estar completamente transformada?

Eleanor não se moveu. Seu rosto continuou com a mesma expressão estática.

— Bom, talvez eu precise esperar para ver, né? — continuou Sarah. — Obrigada de novo.

A garota ficou na ponta dos pés, beijou a bochecha fria e dura da robô e depois correu para a cozinha para tomar café da manhã.

Sua mãe estava sentada à mesa, diante de uma xícara de café e meia toranja.

— Uau, nem precisei gritar para você sair da cama hoje — comentou a mãe. — O que aconteceu?

Sarah deu de ombros.

— Não sei. Só acordei disposta. Acho que dormi bem.

Ela encheu uma tigela de cereais e depois cobriu tudo com leite.

— Bom, você já estava dormindo quando cheguei em casa. Pensei em te acordar para jantar, mas estava desmaiada — falou a mãe, observando a garota devorar o cereal. — E está comendo comida de verdade também. Quer a outra metade da minha toranja?

— Quero, sim, por favor — pediu Sarah.

Quando esticou o braço para pegar a fruta, a mãe segurou sua mão.

— Ei, desde quando está deixando as unhas crescerem?

Sarah sabia que não podia dizer "desde ontem à noite", então mentiu:

— Faz umas semanas, acho.

— Bom, estão maravilhosas — elogiou a mãe, apertando seus dedos com carinho antes de soltá-los. — Saudáveis, também. Está tomando aquelas vitaminas que comprei?

Sarah não estava, mas disse que sim.

— Ótimo — continuou a mãe, sorrindo. — Estão valendo a pena.

Depois do café, Sarah escolheu uma blusa rosa que combinava com o esmalte e passou um tempinho a mais arrumando o cabelo e se maquiando. Na escola, se sentiu um pouco menos invisível.

Enquanto estava no banheiro lavando as mãos, Jillian, uma das Beldades, entrou. Ela conferiu o rosto e o cabelo perfeitos no espelho, e então seu olhar recaiu nas mãos de Sarah.

— Nossa, amei o esmalte — disse a Beldade.

Sarah ficou tão chocada que mal conseguiu agradecer.

Jillian saiu do banheiro, toda esvoaçante, sem dúvida para se juntar às amigas populares.

Mas ela tinha *visto* Sarah. Tinha *notado* Sarah, e gostado de pelo menos uma coisa nela.

A garota passou o resto do dia sorrindo que nem boba.

Eleanor era mais noturna. Quando a luz do dia de inverno começou a desaparecer, ela girou a cintura, moveu os braços e ganhou vida.

— Oi, Sarah — cumprimentou, com sua voz mecânica. — Está mais bonita hoje do que ontem, como prometi?

— Sim. Obrigada.

Sarah nunca se sentiu tão grata.

— Ótimo. — Eleanor assentiu. — E está um pouco mais feliz hoje do que ontem?

— Sim.

A boneca bateu palmas.

— Perfeito. Quero realizar seus desejos e te fazer feliz.

Sarah mal conseguia acreditar que aquilo estava realmente acontecendo.

— Isso é muito gentil da sua parte. Mas por quê? — perguntou a menina.

— Já te expliquei o motivo. Você me salvou, Sarah. Você me tirou daquele ferro-velho, me limpou e me trouxe de volta à vida. Agora, quero ser sua fada madrinha e realizar seus desejos. Você gostaria disso?

— Sim — concordou Sarah. Quem não gostaria de uma fada madrinha?

— Ótimo — repetiu Eleanor. — Então nunca, nunca tire o colar, e me deixe cantar para você dormir. Quando acordar, vai estar um pouco mais bonita do que hoje.

Sarah hesitou. Sabia que a mãe havia estranhado a filha já estar dormindo quando voltara para casa na noite anterior. Se ela fosse cedo para a cama todo dia, talvez a mãe se preocupasse e achasse que a filha estava doente ou coisa assim. Além do mais, havia o dever de casa. Se Sarah parasse de fazer as lições, também despertaria suspeitas, tanto em casa quanto na escola.

—Vou te deixar cantar para me fazer dormir — disse Sarah. — Mas pode ser daqui a algumas horas? Preciso jantar com a minha mãe e fazer o dever de casa.

— Se não tiver jeito... — retrucou Eleanor, um pouco decepcionada. — Mas você precisa me deixar te colocar para dormir o quanto antes. É importante ter um bom sono de beleza.

Depois de jantar macarrão e passar uma hora e meia fazendo as tarefas de matemática e literatura, Sarah tomou um banho rápido, escovou os dentes e vestiu uma camisola. Então se aproximou de Eleanor, que continuava parada num canto.

— Estou pronta.

— Então se deite na cama como uma boa garota — instruiu Eleanor.

Sarah se enfiou debaixo das cobertas, e a robô se aproximou com seu passo tranquilo. Ela se sentou na beirada da cama e tocou o pingente de coração de Sarah.

— Se lembre de sempre usar o colar. Nunca, nunca o tire do pescoço — repetiu Eleanor.

—Vou lembrar — reforçou Sarah.

Eleanor fez cafuné em Sarah com sua mãozinha gelada e cantou a mesma canção de ninar:

Durma, durma,
Durma, Sarah querida.
Quando acordar, quando acordar,
Todos os seus sonhos vão se realizar.

Mais uma vez, Sarah caiu no sono sem se dar conta.

Acordou se sentindo renovada. Quando se levantou da cama, parecia estar um pouco mais ereta, um pouco mais orgulhosa, um pouco mais... *alta*?

Correu até o espelho e levantou a camisola para ver as pernas. Estavam sensacionais. Ela não parecia mais a sra. Mistureba, com pés rechonchudos conectados ao corpo atarracado. Agora as pernas eram longas e bonitas, com panturrilhas torneadas e tornozelos delicados, como as de uma modelo. Quando correu as mãos por elas, sentiu a pele macia e lisa. Olhou para baixo e viu que as unhas nos dedos perfeitos dos pés estavam pintadas com o mesmo esmalte das unhas da mão.

Sarah costumava usar calça jeans na escola, para esconder suas pernas esquisitas. Naquele dia, porém, usaria um vestido. Correu até o guarda-roupa e pegou um lilás, lindo, que a mãe havia comprado para ela na primavera passada. Sarah não havia gostado da peça na época, mas agora exibiria suas pernas longas e belas. Calçou sapatilhas e admirou o reflexo no espelho.

Sua aparência não era exatamente a que desejava (aquele nariz de batata precisava sumir, para começo de conversa), mas estava cada vez melhor. Sarah passou o pouco de maquiagem que tinha autorização de usar, escovou os cabelos e desceu para tomar café da manhã.

A mãe estava parada diante do fogão, preparando ovos mexidos.

— Olha só você! Que arraso! — Ela admirou a filha de cima a baixo, sorrindo. — É dia de tirar foto na escola?

— Não — respondeu Sarah, se sentando à mesa e se servindo de um copo de suco de laranja. — Só senti vontade de fazer um esforcinho extra hoje.

— E está fazendo esse esforcinho extra para alguém especial? — perguntou a mãe, num tom meio provocador.

Por um instante, Sarah pensou em Mason Blair, mas então sua mente foi tomada pela imagem dela trombando com ele e o sujando de salada.

— Não, só para mim, mesmo.

A mãe sorriu.

— Uau, que legal ouvir isso. Ei, quer ovo mexido?

De repente, Sarah sentiu uma fome de leão.

— Com certeza.

A mãe colocou um pouco da comida em dois pratos, depois serviu uma torrada para cada uma delas e se sentou.

— Olha, não sei o que aconteceu… — começou ela. — Mas, nos últimos dias, está mais fácil conversar com você. Parece que está mais madura. — A mãe deu uma bebericada no café, pensativa. — Talvez você só estivesse passando por uma fase estranha no último ano, e agora está superando isso.

Sarah sorriu.

— É, acho que sim.

A fase estranha foi minha vida antes de conhecer Eleanor, pensou a menina.

Na escola, ela viu Abby no corredor e sentiu uma pontada de saudade. As duas tinham muita história juntas, desde a época em que brincavam de pintura de dedo e massinha. Mas Abby era cabeça-dura. Se Sarah fosse esperar a amiga pedir desculpas, seria melhor esperar sentada.

Ela foi até Abby, que estava mexendo no próprio armário.

— Oi — cumprimentou Sarah.

— Oi — respondeu Abby, sem fazer contato visual com Sarah.

— Escuta... Sinto muito por ter dito coisas maldosas sobre você naquele dia.

Abby enfim olhou para a amiga e disse:

— Bem, você não mentiu. Eu ainda gosto de desenho animado, adesivos e cavalos.

— Sim, mas não tem nada de errado com isso. Adesivos, cavalos e desenhos animados são legais. E você é legal. Foi mal. A gente pode fazer as pazes? — perguntou Sarah, estendendo o dedo mindinho.

Em vez de retribuir o gesto, Abby apenas riu e a abraçou. Quando se afastou, analisou Sarah de cima a baixo.

— Ei, por acaso você ficou mais alta?

Não tinha como ela explicar o que havia acontecido.

— Não, estou só tentando melhorar a postura.

— Bom, está dando certo.

• • •

Eleanor tinha colocado Sarah para dormir com sua cantiga na noite anterior. De manhã, ainda deitada na cama, a menina olhou para o próprio corpo para ver se conseguia adivinhar qual parte fora melhorada.

Para sua surpresa, as áreas mais gordas e flácidas agora estavam lisas e torneadas, e as partes em que ainda era reta e infantil pareciam mais curvilíneas.

Ela escolheu uma camiseta bem justa e uma minissaia jeans para ir à escola. Seu lamentável sutiã de pré-adolescente sem bojo não funcionaria mais, então ela improvisou com o top que usava na aula de educação física. Quase não serviu.

Durante o café da manhã, Sarah falou para a mãe:

— Será que a gente pode dar um pulo no shopping no fim de semana?

— Bom, eu recebo na sexta, então algumas comprinhas não estão fora de cogitação — disse ela, se servindo de mais café. — Quer alguma coisa específica?

Sarah olhou para o próprio peito, depois abriu um sorrisinho sem graça.

— Ah! — exclamou a mãe, surpresa. — Bom, isso definitivamente passou batido por mim. Claro, a gente compra uns sutiãs que caibam direito. — Ela sorriu e balançou a cabeça. — É inacreditável como você está crescendo rápido.

— É, nem eu mesma acredito — concordou a garota, porque era verdade.

— Parece que foi da noite para o dia.

Porque foi mesmo, pensou Sarah.

• • •

Na escola, Sarah sentiu os olhares sobre ela. Olhares de garotos. Pela primeira vez, sentiu que estava sendo notada. Era atordoante. Empolgante.

No corredor a caminho da aula de literatura, três garotos — bem bonitinhos, por sinal — a acompanharam com o olhar, depois se entreolharam e sussurraram algo com risinhos. Mas não eram risadas maldosas ou de quem estava tirando sarro.

Enquanto se perguntava o que tinham dito, Sarah virou o rosto para espiar e acabou trombando em cheio com Mason Blair. Não, não podia ser! De novo?

Ela sentiu o rosto corar e se preparou para ouvir o garoto mandar que prestasse atenção por onde andava... de novo.

Em vez disso, ele sorriu. Tinha dentes incríveis, brancos e alinhados.

— A gente precisa parar de se esbarrar desse jeito — falou ele.

— Na verdade, sou sempre eu que esbarro em você — respondeu Sarah. — Pelo menos não estou com salada desta vez.

— Verdade. — O sorriso dele era estonteante. — Foi muito engraçado aquele dia.

— Foi — concordou Sarah, mas achou o comentário curioso. No dia do acidente, Mason parecera bem irritado.

— Bom, se você vai continuar esbarrando em mim, preciso saber seu nome. Não posso ficar te chamando de Menina da Salada.

— Meu nome é Sarah. Mas pode me chamar de Menina da Salada, se quiser.

— Prazer, Sarah. Eu sou o Mason.

— Eu sei — disse ela, e quis morrer em seguida. Nem para fingir costume.

— Bom, então te vejo por aí, Sarah da Salada — falou ele, abrindo outro sorrisão.

— Até mais.

Seguiu na direção da sala onde teria aula de literatura, mas só conseguia pensar que havia conversado — de verdade, como uma pessoa normal — com Mason Blair.

Sarah se sentou ao lado de Abby e sussurrou:

— Mason Blair acabou de falar comigo. Falou comigo, tipo, *falou comigo* mesmo.

— Não é nenhuma surpresa — sussurrou Abby de volta. — Tem alguma coisa diferente em você ultimamente.

— Como assim?

Abby franziu a testa, como fazia sempre que estava pensando muito.

— Não sei. Não consigo explicar direito. É como se você estivesse brilhando de dentro para fora.

Sarah sorriu.

— É, a sensação é essa mesmo.

Mas, na verdade, eram as mudanças em seu exterior que a faziam brilhar por dentro.

Naquela noite, depois que Eleanor despertou com seus movimentos de sempre, Sarah a abraçou. Era esquisito abraçar algo tão duro e frio, e, quando os braços da robô a enlaçaram, Sarah sentiu um pingo de algo que parecia medo, mas logo afastou o sentimento. Não havia o que temer. Eleanor era sua amiga.

— Eleanor! — exclamou Sarah, se afastando um pouco. — Eu amei meu novo corpo. É perfeito. Muito obrigada!

— Que bom — replicou a boneca, inclinando a cabeça. — Só quero que você seja feliz, Sarah.

— Estou muito mais feliz desde que te encontrei. Hoje foi como se eu pudesse sentir as pessoas *me vendo*. E gostando do que viam. Estou a fim de um menino há meses, e ele finalmente falou comigo.

— Que maravilha — comemorou Eleanor. — Fico feliz por ter conseguido realizar todos os seus desejos, Sarah.

De repente, uma nuvem escura encobriu o bom humor de Sarah.

— Bom, então... Nem todos.

Ela estendeu a mão e tocou o nariz batatudo.

— Sério? — Eleanor ficou surpresa. — E o que você ainda deseja, Sarah?

Sarah respirou fundo.

— Amo meu corpo novo — disse ela. — Mesmo. Mas sou o que alguns garotos chamam de "bonita de longe, mas longe de ser bonita".

Eleanor inclinou a cabeça de novo, confusa.

— Bonita de longe? Não estou entendendo, Sarah.

— Ah, os meninos dizem tipo: "Ela é linda de longe, mas não chega perto demais do rosto dela."

— *Ah*! Longe de *ser bonita*! — exclamou Eleanor. — Entendi. — Ela riu, um som metálico curioso. — Que engraçado.

— Não é nada engraçado quando usam para me descrever — rebateu Sarah.

— Hum, não deve ser mesmo — concordou Eleanor, estendendo a mão e tocando a bochecha da garota. — Sarah, quer mesmo que eu mude isso tudo? Quer um rosto novo?

— Sim — afirmou Sarah. — Quero um nariz pequenininho, lábios carnudos e maçãs do rosto definidas. Quero cílios longos e escuros, e sobrancelhas bonitas. Não quero mais parecer a sra. Mistureba.

Eleanor soltou outra risada tilintante.

— Posso fazer isso, Sarah, mas você precisa entender que é uma mudança considerável. Ao olhar no espelho e ver pernas mais longas ou um corpo mais curvilíneo, parece apenas que você cresceu. Mais rápido do que o esperado, talvez, mas é normal que crianças cresçam. É algo que todos sabem que vai acontecer. Mas, durante toda a vida, você olhou no espelho, viu seu reflexo e falou: "Essa sou eu." Sim, o rosto muda conforme se cresce, mas continua sendo reconhecível. Ver um rosto completamente diferente no espelho pode ser um grande choque.

— É um choque que eu quero — insistiu Sarah. — Odeio meu rosto assim.

— Está bem, Sarah — disse Eleanor, olhando em seus olhos. — Se você tem certeza.

Depois de jantar com a mãe e fazer o dever de casa, Sarah tomou um banho e se preparou para que Eleanor a colocasse para dormir. Quando se acomodou sob as cobertas, porém, teve um pensamento meio perturbador.

— Eleanor?

— Pois não, Sarah — respondeu a robô, surgindo ao lado da cama.

— O que minha mãe vai pensar quando eu me sentar para tomar o café da manhã com um rosto completamente diferente?

Eleanor se sentou no colchão.

— Boa pergunta, Sarah. Mas ela não vai notar, não de verdade. Vai pensar que você parece especialmente descansada, mas não vai se dar conta de que seu rosto simples foi substituído por um lindo. Mães sempre acham os filhos bonitos. Então, quando sua mãe olha para você, ela sempre vê muita beleza.

— Certo — falou a menina, voltando a relaxar. Não era de se admirar que a mãe não entendesse seus problemas: ela achava que Sarah já era bonita. — Estou pronta, então.

Eleanor tocou o pingente de coração de Sarah.

— E lembre...

— Preciso usar o colar o tempo todo, e não posso tirá-lo nunca. Sim, eu lembro.

— Ótimo.

Eleanor fez cafuné em Sarah e cantou mais uma vez:

Durma, durma,
Durma, Sarah querida.
Quando acordar, quando acordar,
Todos os seus sonhos vão se realizar.

Como das outras vezes, Sarah sentiu as mudanças antes de vê-las. Assim que despertou, ergueu a mão e tocou o nariz. Não sentiu uma batatona, e sim um botãozinho delicado. Correu os dedos pelas laterais da face e sentiu os ossos definidos nas maçãs do rosto. Tocou os lábios e os sentiu mais carnudos que antes. Saltou da cama e foi se olhar no espelho.

Era maravilhoso. A pessoa que retribuiu o olhar de Sarah estava completamente diferente de antes. Eleanor tinha razão:

era um choque. Mas um tipo bom de choque. Tudo o que ela odiava na própria aparência havia desaparecido, os defeitos substituídos por uma perfeição absoluta. Tinha olhos grandes de um azul profundo, adornados por cílios longos e volumosos. Suas sobrancelhas eram arcos delicados. O nariz estava reto e pequenino, os lábios rosados e bem modelados. O cabelo, embora ainda castanho, estava mais cheio e brilhante, cascateando em mechas bonitas e suaves. Ela se analisou de cima a baixo. Sorriu para si mesma com dentes alinhados e brancos. Linda. Dos pés à cabeça.

Analisou as roupas no armário. Nenhuma delas parecia digna de sua nova beleza. Talvez, quando a mãe a levasse para comprar sutiãs, também pudessem escolher mais algumas peças. Depois de muito refletir, ela pegou um vestido vermelho que tinha comprado por impulso mas nunca tivera coragem de usar. Agora, porém, ela merecia ser o centro das atenções.

Ir para a escola foi uma experiência completamente nova. Sarah percebeu os olhares, tanto de garotos quanto de garotas. Quando viu as Beldades, que por coincidência também estavam usando vermelho, elas retribuíram o olhar — não com desdém, mas com interesse.

Na hora do almoço, ela sussurrou um *oi* para Abby e depois seguiu para a mesa das Beldades. Dessa vez, não se sentou de primeira; fez um showzinho, passando casualmente pelas garotas.

— Ei, Menina Nova! — chamou Lydia. — Quer se sentar com a gente?

Sarah estava longe de ser uma aluna nova na escola, mas era uma menina nova em termos de aparência.

— Claro, valeu — disse ela.

Tentou soar casual, como se não fizesse diferença se sentar ali ou não, mas por dentro estava tão empolgada que poderia sair saltitando.

Todas as Beldades estavam comendo salada, assim como ela.

— E aí? — disse Lydia. — Qual é seu nome?

— Sarah — respondeu ela, torcendo para que achassem o nome aceitável. Pelo menos não era algo como Hilda ou Bertha.

— Eu sou a Lydia — se apresentou a garota, jogando o cabelo loiro e reluzente para trás. Era linda, linda o bastante para ser modelo. Se encaixaria perfeitamente na parede de fotos do quarto de Sarah. — E essas são Jillian, Tabitha e Emma.

Elas dispensavam apresentação, é claro, mas Sarah as cumprimentou como se nunca as tivesse visto na vida.

— Mas e aí, seu vestido é de onde? — perguntou Lydia.

Sarah havia assistido a programas de moda o bastante para saber que Lydia estava perguntando quem assinava a peça.

— É da Saks Fifth Avenue — disse a garota.

Era verdade. A etiqueta no vestido informava: SAKS FIFTH AVENUE. No entanto, Sarah e a mãe haviam comprado a peça num brechó local. A mãe tinha ficado muito empolgada com o achado; amava explorar as araras de roupas usadas.

— Com que frequência você vai a Nova York? — perguntou Lydia.

— Uma ou duas vezes por ano — mentiu Sarah.

Só tinha ido para Nova York uma vez, aos onze anos. Ela e a mãe assistiram a um espetáculo na Broadway, pegaram a balsa até a ilha da Estátua da Liberdade e visitaram o Empire State Building. Não tinham feito compras em lojas chiques. A única roupa que Sarah havia comprado era uma camiseta escrito

I LOVE NEW YORK numa loja de lembrancinhas. Depois de algumas lavagens, a malha ficara fininha, mas ela ainda a usava para dormir de vez em quando.

— Mas me conta, Sarah — começou Emma, encarando a menina com seus grandes olhos castanhos. — O que sua mãe e seu pai fazem?

Sarah tentou não se arrepiar à menção da palavra "pai".

— Minha mãe é assistente social, e meu pai...

Antes de abandonar Sarah e a mãe, o pai era motorista de caminhão e vivia fazendo viagens longas. Agora, porém, ela não sabia o que ele fazia nem onde morava. O pai se mudava muito e trocava de namorada o tempo todo. Só ligava para Sarah no Natal e no aniversário dela.

— Ele é... advogado — mentiu.

As Beldades assentiram, aprovando.

— Mais uma pergunta... — Quem falou foi Jillian, a ruiva de olhos verdes alongados. — Você tem namorado?

Sarah sentiu o rosto enrubescer.

— Não no momento.

— Ah! — exclamou Jillian, chegando para a frente. — Mas está a fim de algum garoto?

Sarah sabia que, àquela altura, seu rosto devia estar tão vermelho quanto o vestido.

— Sim.

Jillian sorriu.

— E qual é o nome dele?

Sarah olhou ao redor para garantir que o garoto não estava por perto.

— Mason Blair — sussurrou.

— Ah, ele é gato — disse Jillian.

— Muito gato — concordou Lydia.

— Gato — repetiram as outras garotas, em coro.

— Escuta, nada de ficar seguindo a gente por aí, mas se quiser se sentar na nossa mesa na hora do almoço, tudo bem — ofereceu Lydia, olhando Sarah de cima a baixo. — Domingo à tarde a gente costuma ir ao shopping para experimentar roupas e maquiagens, às vezes tomar um frozen yogurt. É um programa meio sem graça, mas é o que tem para fazer por aqui. Essa cidade é um saaaaco — concluiu Lydia, bocejando de maneira teatral.

— Um saco — confirmou Sarah, mas por dentro estava vibrando de empolgação.

Lydia assentiu.

— A gente pode começar a andar juntas e ver no que dá. Se funcionar, talvez você possa entrar para o grupo de líderes de torcida ano que vem. Considere isso um período de teste.

Sarah saiu do refeitório sorrindo que nem boba. Abby a alcançou.

— Pelo jeito, você passou por uma entrevista de emprego bem intensa — comentou a garota.

Estava usando calça de moletom cinza com um suéter roxo bem largo que não valorizava seu corpo em nada.

— É, foi tipo isso. Mas elas me convidaram para sair, então acho que passei na entrevista — contou Sarah. Não conseguia parar de sorrir.

Abby ergueu a sobrancelha.

— E é esse o tipo de amiga que você quer? Que te obriga a passar numa entrevista?

— Elas são legais, Abby. Sabem tudo sobre moda, maquiagem e garotos.

— Elas são rasas, Sarah. Rasas como um pires. Não, na verdade são tão rasas que fazem um pires parecer uma piscina olímpica.

Sarah balançou a cabeça. Amava Abby, mas por que a amiga precisava ser tão crítica?

— Mas elas mandam na escola. É assim que funciona. São as pessoas bonitas que conseguem o que querem — comentou Sarah. Então encarou o rosto deslumbrante de Abby, admirando sua pele marrom e seus olhos castanhos. — Você podia ser bonita também, Abby. Seria a menina mais bonita da escola se parasse de usar óculos e tranças, e comprasse roupas que não fossem tão largas.

— Se eu não usar óculos, vou sair trombando com as paredes — explicou Abby, um pouco irritada. — E gosto das tranças e das roupas largas. Especialmente deste suéter. É muito confortável. — Ela deu de ombros. — Gosto de mim do jeito que sou. Sinto muito se não sou chique o suficiente ou cafona demais para você. Não sou como as líderes de torcida ou como as modelos e estrelas do pop das fotos nas suas paredes. Mas quer saber? Sou uma pessoa legal, e não julgo os outros pela aparência ou por quanto dinheiro têm, e não faço ninguém preencher um questionário para decidir se quero que a pessoa seja minha amiga ou não! — Abby analisou o rosto de Sarah. — Você mudou, Sarah, e não foi para melhor.

Ela se virou e se afastou pelo corredor a passos largos.

Sarah entendeu que Abby estava meio irritada com ela, mas sabia que, depois que a amiga tivesse um tempo para esfriar a cabeça, um pedido de desculpas e um abraço consertariam tudo.

Após o sinal, enquanto ia na direção do ônibus escolar, Sarah sentiu alguém ao seu lado.

— Oi — disse uma voz masculina.

A garota se virou e deu de cara com Mason Blair, perfeito numa camisa azul que destacava a cor de seus olhos.

— Ah... oi.

— Então, a Lydia disse que vocês estavam falando de mim no refeitório hoje.

— Ah, então, eu... Ééé... — gaguejou Sarah, sentindo vontade de sair correndo.

— Escuta, se você estiver livre, quer dar uma passada na Vaca Amarela e tomar uma casquinha comigo?

Sarah sorriu. Mal podia acreditar na própria sorte.

— Estou livre.

A Vaca Amarela era uma barraquinha construída com blocos de concreto que vendia casquinhas e milkshakes. Ficava perto da escola, do outro lado da rua, mas Sarah geralmente resistia à tentação de passar ali, já que vivia preocupada com o peso.

Ela e Mason pararam no balcão, onde a senhorinha de sempre atendia aos pedidos com uma expressão de tédio.

— Chocolate, baunilha ou mista? — perguntou o garoto para ela.

— Mista — respondeu Sarah, fazendo menção de abrir a bolsa.

— Não — disse Mason, estendendo a mão. — Deixa que eu pago. É um encontro baratinho, fica por minha conta.

Ele usou a palavra *encontro*. Aquele era um encontro de verdade. O primeiro de Sarah.

— Obrigada — disse ela.

Eles se sentaram de frente um para o outro numa das mesas de piquenique. Mason atacou sua casquinha com gosto, mas Sarah lambeu a sua devagar. Não queria comer como uma porca na frente de Mason, nem que o sorvete pingasse no vestido e a fizesse parecer uma desastrada. Porém, mesmo toda tensa, precisava admitir que a iguaria gelada e cremosa estava uma delícia.

— Faz um tempão que não tomo sorvete — comentou ela.

— Por quê? Cuidando do peso?

Sarah assentiu.

— Não tem motivo para se preocupar — respondeu o garoto. — Você é linda. Aliás, é engraçado... Você estuda aqui há um tempão, certo? Não sei por que nunca tinha reparado em você.

A garota sentiu o rosto esquentar e retrucou:

— Você reparou em mim quando trombei em você com a salada, né?

Mason a encarou com seus olhos azul-marinho, emoldurados por sobrancelhas escuras.

— Não prestei atenção como deveria. Claramente preciso ficar mais ligado.

— Eu também — falou Sarah. — Assim paro de derrubar salada nas pessoas.

Mason riu, mostrando seus dentes deslumbrantes.

Sarah ficou admirada com a autoconfiança que sua nova aparência lhe dava. Era capaz de tomar sorvete com um garoto bonito e até fazer piadas. A Sarah de antes seria tímida demais para isso. Fora que, para começo de conversa, nenhum garoto bonito chamaria a antiga Sarah, que parecia a sra. Mistureba, para sair.

Depois que terminaram as casquinhas, Mason perguntou:

— Ei, sua casa é perto daqui? Posso te acompanhar no caminho, se quiser.

Sarah sentiu uma pontada de ansiedade. O pai de Mason era médico; a mãe, uma corretora de imóveis de sucesso cujo rosto estampava outdoors. A família dele provavelmente vivia numa mansão na região chique da cidade. A garota não estava pronta para atravessar com ele o caminho que passava na frente do ferro-velho e terminava na casinha térrea de dois quartos onde ela morava com a mãe solo, cujo salário mal cobria os boletos.

— Ah, eu... preciso resolver umas coisas hoje à tarde. Que tal outro dia?

— Hum, claro. Sem problema.

Ele parecia decepcionado... Ou será que era coisa da cabeça de Sarah? Mason olhou para os próprios pés, depois voltou a fitar a menina e sugeriu:

— Ei, que tal a gente sair de verdade um dia desses? Comer uma pizza, ir ao cinema... O que acha?

Sarah sentiu o coração dar um duplo twist carpado.

— Eu adoraria — respondeu ela.

A expressão dele se iluminou.

— O que acha de sábado à noite? Se estiver livre, claro.

Sarah conteve a vontade de cair na gargalhada. Por acaso havia algum sábado à noite em que *não* estava livre? Mas não queria parecer afoita demais.

— Pode ser, sim.

— Fechado. A gente vai se falando.

• • •

Sarah mal podia esperar a robô acordar para contar como tinha sido seu dia. Depois do que pareceram séculos, Eleanor enfim girou a cintura, ergueu os braços e cumprimentou:

— Oi, Sarah.

A garota correu até a boneca e segurou suas mãos.

— Ah, Eleanor, acabei de ter o melhor dia da minha vida!

— Me conte como foi — pediu a robô.

Sarah se jogou na cama e apoiou as costas num travesseiro, falando:

— Nem sei por onde começar. As Beldades deixaram eu me sentar com elas no almoço e depois me chamaram para ir ao shopping no domingo.

A boneca assentiu.

— Que ótima notícia, Sarah.

A menina se inclinou para a frente e abraçou o velho Freddy Fazbear de pelúcia.

— Além disso, o Mason Blair me levou para tomar sorvete depois da escola e me chamou para sair no sábado!

— Que emocionante! — Eleanor se aproximou da garota, dobrou o corpo e tocou o rosto de Sarah. — Ele é um garoto bonito?

Ela assentiu. Não conseguia parar de sorrir.

— Sim. Muito.

— Está feliz, Sarah?

A menina riu e repetiu:

— Sim. Muito.

— Já te dei tudo que você queria?

Sarah não conseguia pensar em outro desejo. Estava linda e perfeita, e sua vida também era linda e perfeita.

— Sim, deu.

— Então também consegui tudo que eu desejava — afirmou Eleanor. — Mas lembre-se: mesmo com todos os seus desejos realizados, o colar deve continuar no seu pescoço. Você...

— ... não devo tirar nunca. Eu lembro — completou Sarah.

Sempre ficava tentada a perguntar o que aconteceria se não cumprisse aquela promessa, mas tinha um pouco de medo de ouvir a resposta.

— Deixar você feliz me deixa feliz, Sarah — falou Eleanor.

Sarah sentiu lágrimas brotarem em seus novos e belos olhos azuis. Sabia que nunca teria uma amiga melhor que Eleanor.

No sábado, Sarah estava com os nervos à flor da pele. Desde o instante em que acordara, só conseguia pensar no encontro. Para o café da manhã, a mãe havia preparado *french toast*, a comida preferida de Sarah, mas a garota estava nervosa demais para comer muito.

— Você vai me levar de carro para a pizzaria às seis, né? — perguntou ela.

— Claro — respondeu a mãe, folheando o jornal.

— E vai só me deixar na porta, né? Não vai entrar comigo?

— Prometo que não vou atrapalhar seu relacionamento deixando que seu novo namoradinho veja o meu rosto horrendo — respondeu a mãe, sorrindo.

— Nada a ver, mãe. Você é bem linda, na verdade. Só acho que vou parecer uma criancinha se você entrar no restaurante comigo, entende?

— Entendo — confirmou a mãe, bebericando o café. — Também já tive catorze anos, por incrível que pareça.

— E você ia para os encontros montada num dinossauro?

— Às vezes — respondeu a mãe, entrando na brincadeira. — Mas em geral eu chamava o garoto para me visitar na caverna da minha família. — Ela bagunçou o cabelo de Sarah. — Nem vem dando uma de espertinha, senão talvez eu decida que estou velha e decrépita demais para te dar uma carona. Já pensou na roupa que vai usar?

Sarah soltou um grunhido dramático.

— Não consigo decidir! É só uma pizza e um filme, então não quero me vestir como se fosse o evento mais importante do mundo. Ao mesmo tempo, minha aparência importa muito!

— Então só coloca uma calça jeans e uma blusinha legal. Você é uma menina linda, Sarah. Vai ficar bonita com qualquer roupa.

— Obrigada, mãe.

Sarah se lembrou do que Eleanor havia dito sobre mães sempre acharem os próprios filhos bonitos. Sabia que sua mãe teria dito a mesma coisa mesmo que a garota nunca tivesse recebido a ajuda de Eleanor.

Quando a mãe de Sarah parou no estacionamento da Pizza Palazzo, a menina sentia tanto frio na barriga que achava que não conseguiria comer nada. Pelo menos estava bonita, o que lhe dava algum conforto.

— Me mande mensagem quando o filme acabar que venho te buscar — falou a mãe, apertando a mão de Sarah. — E se divirta.

—Vou tentar — respondeu a filha.

Até pouquíssimo tempo antes, a ideia de sair com Mason Blair era tão surreal quanto a de sair com um astro do pop. Era uma fantasia, algo com que a garota sonhava, mas não achava que aconteceria de verdade. Por que estava tão nervosa para fazer algo que desejara por tanto tempo? Talvez fosse justamente essa a causa do nervosismo... o fato de querer *muito* aquele encontro.

Porém, assim que ela passou pela porta da Pizza Palazzo e viu Mason esperando no balcão da entrada, ficou imediatamente mais calma. Ele se levantou do banco, abriu um sorriso deslumbrante e disse:

— Oi. Você está linda.

Sarah tinha escolhido uma blusa turquesa para combinar com os olhos dele.

— Obrigada. Você também.

Ele estava vestido de forma casual, com um casaco de moletom aberto e uma camiseta de algum jogo de videogame. Ficava lindo de qualquer jeito.

Depois que os dois se acomodaram nos assentos estofados vermelhos, diante da mesa com uma toalha da mesma cor, Mason pegou o cardápio e perguntou:

—Você prefere que tipo de pizza? Massa fina? Massa grossa? Algum sabor preferido?

— Sou muito flexível com pizza — disse Sarah. Apesar do nervosismo de antes, estava começando a ficar com fome. — Gosto de pizza no geral. Com uma exceção: nada de abacaxi.

— Sim! — exclamou Mason, rindo. — Abacaxi na pizza é uma abominação. Devia ser proibido.

— Ainda bem que a gente concorda. Senão, eu teria que sair por aquela porta e abandonar você.

— Com razão. Pessoas que gostam de abacaxi na pizza merecem ficar sozinhas — brincou Mason.

Os dois se decidiram por uma pizza de massa fina com pepperoni e cogumelos, depois conversaram, descontraídos, sobre família e hobbies, enquanto comiam. Mason tinha vários interesses, e Sarah se deu conta de que não tinha tantos assim. Antes de Eleanor, passava a maior parte do tempo se preocupando com a aparência. Agora que aquele problema estava resolvido, precisava diversificar suas atividades — ouvir mais músicas, ler mais livros, talvez fazer aulas de ioga ou natação. Sarah amava nadar quando era pequena; porém, depois de entrar no ensino fundamental, começou a ficar insegura demais para deixar outras pessoas a verem de maiô.

Quando ela e Mason entraram no cinema ao lado da pizzaria, a garota sentiu que estavam se conhecendo muito bem. Ele não era só bonito. Era gentil e engraçado também. E, quando ele segurou a mão dela na sala escura, foi o momento mais perfeito daquela noite perfeita.

De volta em casa, quando Sarah estava vestindo a camisola, Eleanor se aproximou por trás e pousou a mão no seu ombro.

Ela tomou um susto, mas se recompôs rápido.

— Oi, Eleanor.

— Oi, Sarah. Como foi seu encontro? — perguntou a robô.

A menina começou a sorrir só de pensar.

— Foi ótimo. Ele é muito lindo, mas também gosto dele como pessoa, sabe? Mason me convidou para ir ao jogo de basquete semana que vem. Não ligo para basquete, mas ligo para ele, então eu vou.

Eleanor deu uma risadinha antes de perguntar:

— Então seu dia foi tudo que você esperava?

Sarah sorriu para a amiga robótica.

— Foi ainda melhor.

— Estou feliz de ver você feliz — falou Eleanor, voltando para seu canto. — Boa noite, Sarah.

Na manhã seguinte, Sarah encontrou a mãe na lavanderia de casa.

—Você pode me levar até o shopping hoje à tarde? — pediu a garota. —Vou passear com as minhas amigas.

A mãe ergueu o olhar das roupas que estava tirando da secadora e sorriu.

— Nossa, você está toda saidinha este fim de semana. Que horas combinaram? — perguntou ela, dobrando uma toalha e a colocando no cesto.

— Elas só falaram que ia ser à tarde — explicou Sarah.

— Meio vago, não acha? — comentou a mãe, dobrando outra toalha.

— Não sei. Do jeito que elas falaram, parecia que eu deveria simplesmente saber o horário.

A garota estava tão chocada por ter sido aceita pelas Beldades, mesmo que para um período de teste, que ficara com medo de fazer perguntas.

— Suas novas amigas querem que você tenha bola de cristal? — brincou a mãe.

—Você não gosta das minhas amigas novas, né?

— Eu não *conheço* suas amigas novas, Sarah. Só sei que essas garotas não davam a mínima para você, e daí, de um dia para o outro, estão te convidando para sair. É meio estranho. Quer dizer, o que mudou?

Eu mudei, pensou Sarah. *É só olhar para mim.* Em vez disso, respondeu:

— Talvez elas finalmente tenham percebido que sou uma pessoa legal.

— Sim, mas por que demorou tanto? Sabe de qual amiga sua eu gosto? Da Abby. Ela é inteligente e gentil, e é bem direta. Sempre dá para saber o que esperar de pessoas assim.

Sarah não quis contar para a mãe que ela e Abby não estavam se falando, então só sugeriu:

— Duas da tarde. O que acha de me levar para o shopping às duas da tarde?

— Pode ser. — A mãe jogou uma toalha nela. — Agora me ajude a dobrar a roupa.

Assim que a mãe a deixou no shopping, Sarah percebeu que Lydia também não tinha dito *onde* deveriam se encontrar. O shopping não era imenso, mas grande o bastante para que a busca por uma pessoa específica parecesse um jogo bem complicado de esconde-esconde. Ela poderia mandar uma mensagem para Lydia, mas tinha a impressão de que, para fazer parte do grupo, precisava descobrir sozinha como as outras garotas faziam as coisas, sem incomodá-las. Como só tinha sido aceita por um período de teste, não queria pisar na bola. Um passo em falso e seria obrigada a voltar a comer na mesa dos fracassados.

Depois de alguns segundos de reflexão, decidiu ir até a Diller's, a loja de departamento mais cara do shopping. As Beldades com certeza não frequentavam as lojas mais baratas.

Sua intuição se provou certeira: encontrou o grupo de amigas perto da entrada, na seção de cosméticos, experimentando batons.

— Sarah, você veio! — exclamou Lydia, abrindo um sorriso com seus lábios vermelhos.

As outras Beldades imitaram o gesto.

— Oi — disse Sarah, retribuindo o sorriso.

Ela tinha conseguido. E não só encontrar as garotas no shopping — também tinha conseguido uma aparência incrível, um namorado lindo e gentil e a amizade das garotas mais perfeitas da escola. Nunca passara pela sua cabeça que a vida podia ser tão boa.

— Ah, Sarah, você precisa experimentar esse batom — disse Jillian, estendendo uma embalagem dourada. — É rosa com glitter. Vai ficar perfeito com seu tom de pele.

Sarah pegou o batom, chegou perto do espelho do balcão e passou nos lábios. Ficou realmente bonito nela. Combinava com o esmalte rosa, que nunca descascava de suas unhas.

— Parece o batom que uma princesa usaria — disse ela, observando seu reflexo com prazer.

— Parece mesmo — concordou Tabitha, pegando um de outra cor. — Sua alteza real, princesa Sarah.

— Você deveria levar — falou Lydia, aprovando a maquiagem com um aceno de cabeça.

Sarah tentou conferir discretamente o preço do batom. Quarenta dólares. Torceu para o seu choque não ter ficado evidente. Era mais caro do que a roupa que ela estava usando. Se bem que não dava para comprar batons no brechó.

— Hm, vou pensar — falou.

— Ah, leva, sim — insistiu Emma. —Você merece.

— Antes quero olhar mais coisas — explicou Sarah. — Acabei de chegar.

Ela não queria admitir que, na bolsa, só tinha dinheiro suficiente para um frozen yogurt e um refrigerante. As Beldades, porém, compraram batons, sombras, blushes e pincéis, esbanjando com o cartão de crédito dos pais.

Depois que terminaram de ver o balcão de maquiagem, foram dar uma olhada nos vestidos de festa... pois, nas palavras de Lydia, "o baile de formatura já está chegando".

— O baile não é só para os alunos dos últimos anos do ensino médio? — perguntou Sarah.

— É para eles *e seus acompanhantes* — explicou Lydia, cutucando Sarah com o cotovelo. — Então, se conseguir que um deles te leve, o baile já está chegando. Pena que o Mason não é mais velho.

—Verdade — disse Sarah, mas não concordava.

Gostava de Mason daquela idade mesmo. Além disso, não sabia se estava pronta para sair com um cara mais velho.

Os vestidos eram muito lindos. Tinham cor de pedras preciosas: ametista, safira, rubi, esmeralda. Alguns eram cintilantes, outros eram de cetim bem liso e brilhante, ou translúcidos e decorados com renda e tule. Elas experimentaram os vestidos, desfilaram diante do espelho e tiraram fotos umas das outras com o celular.

Depois de meia hora olhando para elas de cara feia, uma vendedora se aproximou e perguntou:

— Vocês estão interessadas em comprar alguma coisa ou estão só brincando de experimentar?

Elas largaram os vestidos nos provadores e fugiram da seção de roupas de festa, rindo.

— Acho que a vendedora não gostou muito da gente — disse Jillian, enquanto saíam da loja.

— E daí? — rebateu Lydia, rindo. — Ela não pode me julgar. É só uma atendente de loja. Deve ganhar um salário mínimo, se muito. Aposto que não tem condições de comprar as roupas que vende.

Elas seguiram até a praça de alimentação, tomaram frozen yogurt e riram do seu ato de rebeldia.

— "Vocês estão interessadas em comprar alguma coisa ou estão só brincando de experimentar?" — repetiu Lydia várias vezes, imitando a voz da vendedora.

Todas riram, inclusive Sarah — mesmo achando que estavam pegando pesado demais com a vendedora, que só estava fazendo seu trabalho. Jillian e Emma tinham largado os vestidos que experimentaram no chão dos provadores. A vendedora provavelmente teve que arrumar tudo.

Mas quem era Sarah para criticar as Beldades? Era uma honra ter sido chamada para sair com elas. Era um evento glamuroso e empolgante, como se ela fosse uma convidada de um reality show. Independentemente da atitude delas, Sarah ficava feliz por ser incluída. No dia anterior, o encontro com Mason havia sido perfeito, e agora ela estava passeando com as Beldades. Como expressar sua gratidão a Eleanor? Nada do que dissesse seria suficiente.

Naquela noite, quando a robô despertou, Sarah saltou da cama e abraçou o corpo rígido dela.

— Obrigada, Eleanor. Muito obrigada pelo fim de semana perfeito.

— Não tem de quê, Sarah. — Ela retribuiu o abraço, provocando a sensação esquisita de sempre. Não havia maciez alguma no seu corpo. — É o mínimo que eu podia fazer. Você me deu muita, muita coisa.

Quando Sarah se acomodou para dormir, teve um sonho estranho. Estava num encontro com Mason, no cinema. Porém, quando ele estendeu o braço, a garota não pegava a mão dele, e sim a de Eleanor — pequena, branca, metálica e fria. A mesma mão que ela agarrara para arrancar a boneca do porta-malas daquele carro no ferro-velho. Quando Sarah se virou para Mason na cadeira ao lado, ele tinha se transformado em Eleanor. Então a robô sorriu, revelando uma boca cheia de dentes afiados.

No sonho, Sarah gritou.

Quando abriu os olhos, viu a boneca ao lado da cama, com a cabeça baixa, encarando-a com seus olhos verdes e vazios.

Sarah tomou um susto.

— Eu gritei enquanto dormia? — perguntou a menina.

— Não, Sarah.

Ela olhou para Eleanor, parada tão perto que encostava na cama.

— Então o que você está fazendo aqui do meu lado?

— Você não sabia, Sarah? — perguntou a robô, estendendo a mão para afastar uma mecha de cabelo do rosto da garota. — Faço isso toda noite. Observo você. Protejo você.

Por alguma razão, talvez por causa do sonho, Sarah não gostou quando Eleanor encostou nela.

— Me protege do quê? — perguntou a garota.

— Do perigo. De qualquer perigo. Quero cuidar de você, Sarah.

— Ah, entendi. Obrigada.

Era grata pela preocupação de Eleanor, por tudo que a boneca tinha feito por ela. Ainda assim, achava um pouco perturbador ser observada durante o sono... mesmo que Eleanor tivesse a melhor das intenções.

— Posso ficar parada perto da porta, se isso te deixar mais confortável, Sarah.

— Seria ótimo.

Sarah tinha certeza de que não conseguiria adormecer com Eleanor próxima dela daquele jeito.

A boneca caminhou até a porta e ficou ali, de guarda.

— Boa noite, Sarah. Durma bem.

— Boa noite, Eleanor.

Mas Sarah não dormiu bem. Não sabia o quê, mas havia algo errado.

No refeitório, Sarah e as Beldades entraram na fila para esvaziar as bandejas no lixo. Lydia tinha mandado uma mensagem na noite anterior avisando que todas usariam calça jeans skinny naquele dia, então Sarah tinha vestido a sua também. Havia comprado aquela calça, algumas blusas e uns sapatos bonitinhos com a mãe no dia em que foram às compras. Também comprara sutiãs que faziam mais jus a seu corpo.

— Dá para acreditar naquela roupa? Ela se veste como uma criancinha — alfinetou Lydia.

— Uma criancinha pobre — acrescentou Tabitha.

Para seu horror, Sarah percebeu que estavam criticando Abby, que limpava a própria bandeja um pouco mais à frente. Sim, Abby estava usando um macacão rosa, então não era tão absurdo dizer que parecia infantil. Mas era meio maldoso reduzir o valor de uma pessoa às roupas que usava.

— Aquela é a Abby — disse Sarah. — Ela é muito legal. É minha amiga desde o jardim da infância.

Quase soltou que era sua *melhor amiga*, mas conseguiu se corrigir a tempo.

— Tá — falou Lydia, rindo. — Mas você comprou roupas novas desde o jardim de infância. Ela, não.

Todas as Beldades riram. Sarah até tentou sorrir, mas não conseguiu.

Quando chegou sua vez de limpar a bandeja, ela pisou em algo escorregadio perto da lixeira e se desequilibrou. Seus sapatos novos eram lindos, mas a sola não era muito aderente. A queda pareceu durar para sempre, mas com certeza durou só alguns segundos. Quando Sarah deu por si, estava estatelada de costas no chão, na frente da escola inteira.

— Isso foi hilário, Sarah! — exclamou Lydia, se curvando de tanto rir. — Que atrapalhada!

Todas as Beldades gargalhavam, dizendo "Viu como ela se estabacou?" e "Ela se esborrachou no chão!" e "Que vergonha alheia!".

Atordoada, Sarah não conseguiu identificar quem dizia o quê. As vozes pareciam distantes e distorcidas, quase como se a garota estivesse debaixo d'água.

Ela tentou ficar de pé, mas havia algo estranho acontecendo com seu corpo. Ouviu estalidos e tilintares. Não conseguia identificar de onde vinham. Não fazia sentido algum, mas o barulho parecia ecoar de dentro dela.

Sarah começou a se sacudir e ter espasmos, sem conseguir mover o próprio corpo normalmente. Era como se tivesse perdido o controle de seus membros. A garota sentiu medo. Será que havia se machucado feio? Será que alguém deveria ligar para sua mãe? Chamar uma ambulância?

E por que suas novas amigas não estavam ajudando? Continuavam rindo e fazendo piadas sobre como ela parecia idiota e como seu tombo tinha sido engraçado.

De repente, os risos das Beldades se transformaram em gritos. Como se viesse de muito longe, Sarah ouviu a voz de Lydia perguntando:

— O que está acontecendo com ela? O que é isso?

— Sei lá! — exclamou outra garota. — Alguém precisa fazer alguma coisa!

— Chamem um professor, rápido! — sugeriu uma Beldade.

Sarah teve uma suspeita horrível. Levou a mão ao pescoço. O colar que Eleanor lhe dera — o colar que nunca, nunca deveria ser retirado — não estava ali. Devia ter se soltado durante a queda. Ela virou o rosto e viu o colar no chão, a poucos centímetros de distância. Precisava recuperá-lo.

Alguém estendeu a mão, oferecendo ajuda. Sarah ergueu o olhar e se deparou com Abby. Aceitou a ajuda e se permitiu ser puxada para cima, até ficar de pé numa posição meio desajeitada.

Quando Sarah olhou para o próprio corpo, entendeu o motivo dos gritos das garotas. Seu corpo estava mudando. Da cintura para baixo, não era mais uma menina de carne e osso, e sim um conjunto de engrenagens, raios de bicicleta e calotas — peças aleatórias de metal. Sucatas inúteis que deveriam estar num ferro-velho.

Quando seu olhar cruzou com o de Abby, Sarah viu o horror da amiga ao perceber o que ela era, a coisa em que tinha se transformado.

— Eu... Eu preciso ir — anunciou Sarah.

Sua voz parecia diferente também, metálica e rouca.

— Você deixou cair isso — falou Abby, com os olhos cheios de lágrimas, e lhe estendeu o colar.

— Obrigada, Abby. Você é uma boa amiga — admitiu Sarah.

Não se dirigiu às Beldades, que tinham se afastado e agora sussurravam entre si.

Sarah pegou o acessório e saiu correndo do refeitório, o mais rápido que suas novas pernas cambaleantes permitiam. Para casa. Ela precisava ir para casa. Eleanor saberia o que fazer, saberia como ajudar.

O processo de transformação ainda não tinha acabado. Seu corpo estava enrijecendo, soltando guinchos enquanto a garota corria. Parecia uma porta com dobradiças que precisavam de óleo. Ela tentou prender o colar no pescoço, mas seus dedos já estavam endurecidos demais para manipular o fecho.

Enquanto disparava pela calçada com seu trote barulhento e esquisito, pedestres a encaravam. Motoristas diminuíam a velocidade para ver o que era aquilo. As pessoas não demonstravam pena ou confusão... e sim pavor. Ela era um monstro, como os criados em laboratório por um cientista maluco. Era só questão de tempo até os aldeões começarem a persegui-la com foices e forcados. Sarah sentiu vontade de chorar, mas aparentemente estava se tornando incapaz de produzir lágrimas. Talvez o choro a deixasse ainda mais enferrujada.

As articulações ficaram cada vez mais rígidas, o que dificultava a corrida. Mas ela precisava chegar em casa. Só Eleanor poderia lhe ajudar.

Depois do que pareceram horas, ela chegou. Deu um jeito de girar a chave na fechadura. Estalou e estrepitou pela sala e pelo corredor, gritando com sua voz metálica e rascante:

— Eleanor! Eleanor!

A robô não estava no canto do quarto de Sarah. A garota conferiu o armário, olhou embaixo da cama, fuçou o baú aos pés do móvel. Nada de Eleanor.

Cambaleando pela casa, procurou a boneca no quarto da mãe, no banheiro, na cozinha, sempre chamando Eleanor com sua nova voz horrenda.

A garagem era o único lugar que ainda não havia vasculhado. Tentou sair pela porta da cozinha, mas estava cada vez mais difícil girar as maçanetas. Depois de alguns minutos desesperados, enfim conseguiu adentrar a garagem escura.

— Eleanor! — gritou de novo.

Estava com a mandíbula enrijecida. Era cada vez mais difícil formar palavras. O nome de Eleanor saía como "*E-a-nô*".

Talvez a robô estivesse se escondendo. Talvez fosse uma brincadeira ou pegadinha. Sarah viu o armário no fundo da garagem, que ia até o teto. Parecia um bom esconderijo. Com um pouco de dificuldade, agarrou a maçaneta e puxou.

Foi uma avalanche. Sacos transparentes com pesos e tamanhos diferentes despencaram dali de dentro, aterrissando com um ruído de embrulhar o estômago.

Sarah olhou para o chão. A princípio, seu cérebro não conseguiu processar o que estava vendo. Um dos sacos continha uma perna humana. Outro, um braço. Não eram membros de um adulto, e também não pareciam o resultado de um acidente. Havia sangue acumulado nos plásticos, mas os cortes nos membros eram perfeitos, como se tivessem sido amputados cirurgicamente. Outro saco, cheio de entranhas compridas e ensanguentadas, inclusive o que parecia ser um fígado, escorregou da prateleira do armário e caiu no chão com um barulho úmido.

Por que havia pedaços de corpos na garagem? Sarah só compreendeu quando viu uma sacolinha contendo um nariz batatudo familiar. Ela gritou, mas o som que saiu de sua garganta parecia mais o guincho de uma freada.

Uma risada metálica e tilintante veio de trás dela.

A parte inferior do corpo de Sarah estava quase imóvel, mas ela arrastou os pés até se virar para Eleanor.

— Eu realizei seu desejo, Sarah — disse a linda robô, soltando mais uma risadinha metálica. — Em troca...

Sarah reparou em algo que nunca tinha visto em Eleanor antes: um botão em formato de coração logo abaixo do pescoço da boneca, igual ao pingente de Sarah.

Eleanor riu de novo, então apertou o botão de coração. Ela sacolejou e tremeu, mas seu corpo se suavizou. O polimento prateado foi adquirindo um tom rosado de pele humana. Em questão de segundos, era uma cópia perfeita de Sarah. A Sarah antiga. A Sarah de verdade. A Sarah que, em retrospecto, nem era tão feia assim. A Sarah que tinha passado tempo demais preocupada com a própria aparência.

Abby estava certa desde o princípio. Estava certa sobre muitas coisas.

Eleanor vestiu uma calça jeans antiga de Sarah, um de seus moletons e um par de tênis.

— Bom, você com certeza realizou os *meus* desejos — comentou Eleanor, sorrindo com o antigo sorriso de Sarah.

Ela apertou o botão que abria a porta da garagem. A luz do sol inundou o cômodo, e Eleanor-Sarah acenou antes de sair andando pela calçada ensolarada.

Os ouvidos de Sarah foram tomados por uma cacofonia metálica. Ela não conseguia controlar os próprios movimentos. Pedacinhos de metal enferrujado começaram a se desconectar do seu corpo e a cair no chão. Ela estava desmontando, se desfazendo numa pilha horrível de resíduos, num monte inútil de sucata que seria jogado fora e esquecido. Num espelho apoiado na parede da garagem, ela se viu. Não era mais uma garota bonita — nem mesmo uma garota. Não parecia um ser humano. Era apenas um monte de lixo imundo e enferrujado.

Sentiu tristeza, depois medo. Por fim, não sentiu mais nada.

CONTAR OS MODOS

— **Olha só se não é a** Millie Fitzsimmons! — exclamou uma voz grave e retumbante. No escuro, era difícil identificar sua origem. Parecia ecoar de todos os lados. — Milliezinha Bobinha, Milliezinha Geladinha, a menina gótica e fria como gelo que vive pensando na Morte. Acertei?

— Quem é você? — perguntou Millie. — Onde você está?

Acima dela, dois olhos azuis aterrorizantes se moveram para baixo, fitando o interior da câmara onde a garota se encontrava.

— Estou bem aqui, Milliezinha Bobinha. Ou, melhor dizendo, *você* está aqui. Dentro da minha barriga. Na barriga da fera, por assim dizer.

— Então... você é o urso?

Millie considerou a possiblidade de ter adormecido depois de entrar no velho robô. Talvez estivesse sonhando. Tudo aquilo era muito esquisito.

— Sou um amigo — respondeu a voz. — Seu amigo até o fim. Só precisamos decidir se esse fim vai chegar rápido ou se vai demorar.

— Eu... Eu não estou entendendo — gaguejou Millie.

O espaço estava começando a parecer claustrofóbico.

A garota tentou abrir a porta, que não cedeu nem um milímetro.

— Mas vai entender já, já, Millie Tranquilinha. Eu me acabo de rir com vocês, meninas góticas... Sempre vestidas como se estivessem de luto, sempre sérias. Sonham com a Morte como se ela fosse uma estrela do rock que se apaixonaria por vocês à primeira vista. Bom, Feliz Natal, Millie! Vou realizar seu desejo. A questão é "como".

Que situação era aquela? A garota estava acordada, sem dúvidas. Será que tinha sucumbido à loucura, como uma personagem dos contos de Edgar Allan Poe?

— Eu... Eu queria sair daqui — pediu ela, a voz frágil e trêmula.

— Que bobagem! Você vai ficar aqui dentro, bem confortável, enquanto a gente marca seu encontro com a Morte. A escolha é toda sua, mas terei o prazer de apresentar algumas opções.

— Opções de como morrer? — perguntou Millie.

Ela sentiu o gosto frio e metálico do medo na garganta.

Fantasiar sobre a morte era uma coisa, mas aquilo parecia real.

Millie. Que nome péssimo. Ela havia sido batizada em homenagem à bisavó, Millicent Fitzsimmons, mas Millie não era o tipo de nome que se colocava numa pessoa. Num gato ou num cachorro, talvez, mas não num ser humano.

A gata preta de Millie se chamava Annabel Lee, em homenagem à linda garota morta no poema de Edgar Allan Poe. Ou seja, até o bichinho de estimação de Millie tinha um nome melhor do que o dela.

Mas não era de surpreender que seus pais tivessem escolhido um nome ridículo, pensou Millie. Ela os amava, mas os dois eram ridículos de várias maneiras, frívolos e pouco práticos, o tipo de pessoa que nunca pensaria em como o ensino fundamental seria difícil para uma menina com um nome que soava tão bobinho, tão no diminutivo. Os pais viviam mudando de trabalho, de hobbies — e, mais recentemente, de país.

Durante o verão, o pai de Millie tinha recebido uma proposta para trabalhar como professor na Arábia Saudita por um ano.

Ele e a mãe tinham dado uma escolha à filha: Millie poderia ir com eles e estudar em casa ("Vai ser uma aventura!", repetia a mãe), ou poderia ir morar com o avô excêntrico e começar o ensino médio na escola local.

Ou seja, ela só tinha opções ruins.

Depois de muito choro, raiva e cara feia, Millie enfim escolhera a Opção Avô Excêntrico, em vez de se mudar para um país estrangeiro com seus pais bem-intencionados mas pouco confiáveis.

Era por isso que Millie tinha ido parar naquele quartinho esquisito no casarão esquisito do avô. Precisava admitir que lhe agradava a ideia de viver num casarão vitoriano de mais de cento e cinquenta anos, onde com certeza *alguém* havia morrido em algum momento. O único problema era que a casa estava atulhada até o teto com as quinquilharias dos avós.

Seu avô era um colecionador. Muitas pessoas tinham coleções, claro — de histórias em quadrinhos, baralhos ou bonecos. Mas a coleção do avô não se restringia a um tipo de objeto específico; pelo contrário, continha vários itens diferentes. Sem dúvida, ele era um colecionador. Millie só não sabia muito bem do quê. Tudo parecia aleatório. Ao redor da sala de estar, ela podia ver placas de carro e calotas penduradas numa das paredes, antigos bastões de beisebol e raquetes de tênis em outra. Uma armadura em tamanho real montava guarda ao lado da porta principal, acompanhada por um lince empalhado e de séculos atrás do lado oposto. A boca do animal estava aberta, exibindo as presas numa expressão agressiva. Uma cristaleira continha bonequinhas de porcelana, com olhos de vidro e dentes minúsculos. Eram meio aterrorizantes. Millie tentava manter distância, mas as bonecas apareciam de vez em quando em seus pesadelos, mordendo-a com seus dentinhos.

Seu novo quarto era a antiga sala de costura da avó, e ainda continha a velha máquina de costura — embora a avó tivesse morrido antes do nascimento da neta. O avô instalara uma cama estreita e uma penteadeira para acomodar Millie e seus pertences, e a garota tentara deixar o espaço com a sua cara. Tinha coberto o abajur da mesinha de cabeceira com um lenço preto de renda translúcida para amenizar a luz, enchido a penteadeira de velas meio derretidas e pendurado pôsteres de seu cantor favorito, Curt Carniça, nas paredes.

Um dos pôsteres era a capa do álbum *Rigor Mortis*. Nele, os lábios de Curt estavam arreganhados revelando um conjunto de presas de metal. Uma gota perfeita de sangue vermelho-vivo cintilava em seu queixo.

Porém, por mais que Millie tentasse decorar o quarto de acordo com a sua personalidade, nunca funcionava muito bem. A máquina de costura continuava ali, e o papel de parede cor de creme era estampado com pequenos botões de rosa. Mesmo com as presas de Curt Carniça exibidas em toda a sua glória, o espaço ainda remetia a senhorinhas fofas.

— Sopão na mesa! — gritou o avô no pé da escada.

Era como ele sempre anunciava o jantar, apesar de nunca servir sopa.

— Já vou! — respondeu Millie.

Nada empolgada com a refeição, ela se arrastou para fora da cama e desceu a escadaria devagar, tentando não tropeçar em nenhuma das tralhas que ocupavam cada centímetro quadrado da casa.

Millie encontrou o avô na sala de jantar, cujas paredes eram decoradas com placas com o nome de pontos turísticos dos vários estados que ele visitara com a esposa, quando ela ainda era viva. Na parede oposta, havia réplicas de espadas antigas. A garota não sabia direito qual era a daqueles itens.

O avô era tão esquisito quanto suas coleções. Seu cabelo fino e grisalho vivia bagunçado e arrepiado, e ele sempre usava o mesmo cardigã bege meio esfarrapado. Parecia a pessoa perfeita para interpretar um cientista maluco num filme antigo.

— O jantar está servido, madame — anunciou o avô, colocando uma travessa de purê de batatas na mesa.

Millie se sentou no mesmo lugar de sempre e analisou a refeição nojenta: um bolo de carne molenga, purê de batatas de saquinho e um monte de espinafre murcho, que ela sabia que viera embalado e tinha sido congelado até virar um bloco sólido que o avô requentara no micro-ondas. Era uma refeição que até alguém sem dentes conseguiria comer — o que, refletiu Millie, era compreensível quando a pessoa que cozinhava era idosa.

A garota encheu o prato de purê, que parecia ser a única coisa comestível na mesa.

— Pegue um pouco de bolo de carne e espinafre também — disse o avô, passando a tigela de vegetais para ela. — Você precisa de ferro. Está muito pálida.

— Eu gosto de ser pálida.

Millie usava uma camada fina de pó no rosto para parecer ainda mais branca em contraste com o delineador preto e as roupas escuras que gostava de vestir.

— Bom, pelo menos você não torra no sol como sua mãe quando tinha sua idade — comentou o avô, se servindo de bolo de carne. — Mas um pouquinho de cor nas bochechas não faria mal.

Ele estendeu a travessa com o bolo de carne para ela.

— O senhor sabe que eu não como carne, vô.

Carne era nojento. E fruto de assassinato.

— Então coma um pouco de espinafre — insistiu ele, colocando um pouco das verduras no prato da neta. — Tem bastante ferro. Quando aprendi a preparar os poucos pratos do meu repertório, eram todos de carne: bolo de carne, churrasco, rosbife, porco. Mas, se me ajudar a encontrar algumas receitas vegetarianas, posso tentar cozinhá-las. Acho que seria mais saudável para mim comer menos carne também.

Mille suspirou, remexendo o espinafre no prato.

— Não faz diferença. Tanto faz se eu como ou não.

O avô largou o garfo.

— Claro que importa. Todo mundo precisa comer — argumentou ele, balançando a cabeça. — É impossível te agradar, né, mocinha? Estou tentando ser gentil e descobrir do que você gosta. Quero que seja feliz aqui.

Millie empurrou o prato para longe.

— Tentar me deixar feliz é um desperdício de energia. Não sou uma pessoa feliz. E quer saber? Ainda bem. Pessoas felizes só estão mentindo para si mesmas.

— Bom, já que sua vida é só sofrimento, é melhor ir fazer logo seu dever de casa — retrucou o avô, comendo o resto do purê.

Millie revirou os olhos e saiu da sala de jantar arrastando os pés. Dever de casa era um saco. A escola era um saco. Sua vida inteira era um saco.

Em seu quarto sofrível, Millie abriu o laptop e procurou "poemas famosos sobre morte". Releu seus favoritos: "Annabel Lee" (a gata de mesmo nome estava dormindo em sua cama) e "O corvo", de Poe. Depois, abriu um que não conhecia, de Emily Dickinson. O poema falava sobre a Morte como se ela fosse um rapaz levando uma moça num encontro romântico. Um encontro com a Morte. A ideia deixou Millie com frio na barriga. Imaginou a Morte como um homem bonito, um estranho usando uma capa preta que escolheria salvá-la do tédio e da miséria da vida cotidiana. Ela imaginava a Morte igualzinha a Curt Carniça.

Inspirada, pegou o diário com capa de couro e começou a escrever:

Ó, Morte, mostra-me teu rosto assolado,
Ó, Morte, como anseio por teu abraço gelado.
Ó, Morte, minha vida é tão cheia de pesar...
Tu és a única que pode me libertar.

Millie sabia que poemas não precisavam rimar, mas Edgar Allan Poe e Emily Dickinson rimavam, então seguiu o exemplo. *Nada mal*, concluiu.

Suspirando por causa da tarefa horrível que a aguardava, fechou o diário e pegou o dever de casa. Matemática. Que utilidade tinha a matemática diante da inevitabilidade da morte? Nenhuma. Bem, quase nenhuma, porque, se Millie não passasse de ano, os pais cortariam a mesada que o avô repassava para ela a cada semana — e a garota estava guardando dinheiro para comprar mais joias de luto feitas de azeviche. Ela abriu o livro de matemática, pegou um lápis e começou.

Alguns minutos depois, ouviu uma batida à porta.

— O que foi? — disparou Millie, fechando o livro, como se tivesse sido interrompida no meio de algo divertido.

O avô abriu a porta com o pé. Trazia um copo de leite e um prato de biscoitos de chocolate cheirosos.

— Achei que você gostaria de um lanchinho — disse ele. — Para mim, chocolate sempre foi um bom combustível para os estudos.

— Vô, eu não sou mais criança — reclamou Millie. — Não dá para comprar minha alegria com alguns biscoitos.

— Certo — replicou o avô, ainda segurando o prato. — Quer que eu leve embora, então?

— Não — respondeu Millie, rápido. — Pode deixar aqui.

O avô balançou a cabeça, sorrindo um pouco, e deixou o prato e o copo na mesinha de cabeceira.

— Bom, mocinha, vou ficar um tempo mexendo numas coisas lá na minha oficina. Me chame se precisar de algo.

— Não vou precisar de nada — afirmou Millie, voltando para o dever de matemática.

Ela se certificou de que o avô tinha ido embora antes de devorar os biscoitos.

— Opções de como morrer. Exatamente! — confirmou a voz na escuridão. — Agora você entendeu, espertinha como é. Bem, as primeiras alternativas são as que eu considero preguiçosas. Não exigem muito esforço da minha parte, basta deixar que a natureza siga seu curso. A vantagem desses métodos é que são moleza para mim, porém nem tanto para você. Seria uma morte lenta, com muito sofrimento, mas vai saber... Talvez combine com sua morbidez. Muito tempo para agonizar. E você gosta de agonizar.

— Como assim? — perguntou Millie, sabendo que não ia gostar da resposta.

— Desidratação é uma opção — explicou a voz. — Sem água, você morreria em no mínimo três dias e no máximo sete. Como é jovem e saudável, eu aposto que demoraria. Privar o corpo de água tem efeitos fascinantes. Sem fluidos para serem filtrados e expelidos, os rins param de funcionar e seu corpo começa a se intoxicar. Você ficaria cada vez mais doente. Quando as toxinas se acumulam, pode ocorrer falência múltipla de órgãos, ataque cardíaco ou derrame. Bem, a morte é assim. Glamurosa, não acha? Tão romântica.

— Está tirando sarro da minha cara? — acusou Millie, a voz baixa e suave, como a de uma garotinha assustada.

— De forma alguma, mocinha. Eu gosto de você, Millie, e é por isso que vim realizar seu maior desejo. Sou uma espécie de gênio, ainda que seja você quem está presa dentro de uma garrafa. — A voz caiu na gargalhada. — Morrer de fome é outro clássico, mas como é demorado! O corpo leva um bom tempo para consumir todos os seus estoques de nutrientes antes de começar a consumir as próprias proteínas. Pode levar semanas. Algumas pessoas chegaram até a durar alguns meses.

Millie sabia que o avô a resgataria antes que morresse de fome.

— Não ia funcionar. Meu avô vem pra cá toda noite depois do jantar. Ele ia me achar.

— Como? — perguntou a voz.

— Ele vai me ouvir. Eu vou gritar.

— Pode gritar quanto quiser, cordeirinha. Essa câmara tem isolamento acústico. Ninguém vai te ouvir. E, em poucos dias, você vai estar fraca demais para gritar.

As férias de inverno começariam dali a uma semana, e a escola inteira estava decorada com guirlandas, árvores de Natal e algumas Menorás.

Millie não entendia por que as pessoas ficavam tão empolgadas com as festas de fim de ano. Não passavam de uma tentativa desesperada de fingir um pouco de alegria diante da completa falta de significado da vida. Mas ela não se deixaria enganar. As pessoas podiam lhe desejar Feliz Natal e Feliz Ano-Novo o quanto quisessem; a garota nunca diria de volta.

Não que alguém fizesse questão de desejar coisas boas para Millie. Enquanto ela seguia pelo corredor até o refeitório, uma líder de torcida loira — cujo nome Millie nem sabia — disparou:

— Que surpresa ver você à luz do dia, Filha do Drácula.

A menina olhou para as amigas loiras, falando mais com elas do que com Millie. Todas caíram na gargalhada.

O apelido surgira na época em que Millie estava lendo uma edição barata do clássico de Bram Stoker. Um dos garotos populares disse: "Olha só, que gracinha. Ela está lendo um livro sobre o próprio pai."

Daquele momento em diante, só a chamaram de Filha do Drácula.

Claro que todo mundo sabia que ela era filha de Jeff e Audrey Fitzsimmons — o que era tão ruim quanto o apelido infeliz. Os Fitzsimmons eram uma piada na cidade, famosos por iniciar projetos com grande entusiasmo e depois abandoná-los. Quando Millie tinha uns dez anos, compraram uma casa colonial decadente, que já tinha sido bela, e mergulharam de cabeça numa grande reforma. O ânimo durou uns três meses. Depois, começaram a ficar sem tempo, dinheiro e energia para continuar. Por conta disso, a casa tinha uma atmosfera estranha e desencontrada: a sala de estar e a cozinha haviam sido pintadas e recebido iluminação nova, mas os quartos ainda tinham o papel de parede descascado, além dos assoalhos com tábuas rangentes. Os canos do banheiro faziam barulho quando a torneira era aberta. As louças da banheira, da pia e da privada nunca pareciam limpas, por mais que fossem esfregadas à exaustão.

O que mais recebia comentários, porém, era a fachada da casa. O pai de Millie pintara uma parte de um azul suave e agradável, com detalhes em creme, mas a tinta era cara e pintar era exaustivo, e ele não gostava de subir em escadas. Por isso, a frente da casa estava linda, mas a parte de trás e o outro lado continuavam com a velha tinta branca descascada. A mãe de Millie garantiu que ninguém ia reparar. Era a mesma lógica de quando as pessoas viravam o lado feio da árvore de Natal para a parede.

Mas as pessoas repararam.

E também repararam na inabilidade dos Fitzsimmons de manter um trabalho estável. Os pais de Millie estavam sempre criando algum esquema novo que enfim lhes traria o sucesso com que sempre sonharam. Certo ano, a mãe começara a fazer velas para vender nas feirinhas, enquanto o pai abrira uma loja de suplementos alimentares que faliu em seis meses. Depois, abriram uma loja de lã e materiais de costura, que poderia ter dado certo se um dos dois tivesse um mínimo conhecimento do assunto. Por fim, compraram um food truck, mesmo sendo péssimos cozinheiros.

Millie não conseguia entender como os pais continuavam tão otimistas após tantos fracassos, mas eles começavam cada projeto novo com um entusiasmo imenso. Porém, depois de alguns meses, tanto o projeto quanto o entusiasmo acabavam. A família não era exatamente pobre: sempre havia comida, mesmo que, no fim do mês, fosse lasanha congelada e miojo. No entanto, como pagariam as contas sempre era uma preocupação.

A garota sabia que o avô os ajudava alguns meses. Ele também era considerado estranho na cidade, mas davam um desconto, porque era idoso e viúvo e tinha sido um ótimo professor de matemática do ensino médio por muitos anos. Graças a tudo isso, recebia o título de "excêntrico" em vez de "esquisito".

Algumas pessoas comentavam que, ao aceitar o emprego na Arábia Saudita, Jeff enfim estava tomando um rumo e seguindo os passos do pai. Porém, Millie sabia que ele desperdiçaria aquela oportunidade, como fizera com todas as outras.

Então, não fazia diferença se ela era Filha do Drácula ou filha de Jeff e Audrey Fitzsimmons. As duas opções a tornavam uma presença indesejada.

No refeitório, Millie demorou um instante para se acostumar com a barulheira ensurdecedora de centenas de adolescentes conversando. Passou por uma mesa cheia de meninas populares e viu sua antiga melhor amiga, Hannah, sentada ali, rindo de alguma coisa com as outras. Millie e Hannah tinham sido inseparáveis do jardim de infância até o quinto ano. Elas iam ao balanço ou pulavam corda juntas todo recreio e brincavam de boneca ou jogavam jogos de tabuleiro na casa uma da outra depois da escola.

Porém, quando começaram o ensino fundamental II, a popularidade se tornou cada vez mais importante para Hannah. Ela havia se afastado de Millie e se aproximado da galera que só falava de roupas e garotos. O que Millie percebia, mas a amiga não, era que aquelas meninas jamais aceitariam Hannah como mais do que uma puxa-saco. A amiga vivia numa casa simples numa vizinhança simples, e não tinha dinheiro nem status suficientes para andar com aquela gente. As garotas populares não a rejeitavam, mas também nunca a deixariam fazer parte da sua panelinha. Millie ficava triste ao constatar que Hannah preferia aceitar migalhas das populares a ter uma amizade verdadeira com ela.

Mas, enfim, várias coisas a deixavam triste.

Millie se sentou sozinha e, enquanto comia devagar o sanduíche de maionese e a maçã fatiada que o avô havia preparado para ela, leu *Contos de imaginação e mistério*. Estava conseguindo ignorar a cacofonia do refeitório e focar na história, "A queda da Casa de Usher". O protagonista, Roderick Usher, não suportava barulho algum.

De repente, Millie sentiu que estava sendo observada.

Ergueu o olhar do livro e se deparou com um garoto alto de óculos de aro grosso. Seu cabelo arrepiado era pintado de um tom vermelho vibrante. As orelhas eram cheias de brincos. Millie cobiçou sua jaqueta de couro.

— Oi, hum, eu queria saber... — Ele apontou para o lugar vago diante de Millie. — Tem alguém sentado aqui?

O garoto estava pedindo para se sentar com ela? Ninguém nunca tinha feito isso.

— Minha amiga imaginária — respondeu Millie.

Espera... Era uma piada? Ela nunca fazia piada.

O garoto sorriu, revelando o aparelho nos dentes.

— Bom, sua amiga imaginária se incomodaria se eu me sentasse no colo dela?

Millie olhou para o lugar vazio por um segundo.

— Ela disse para ficar à vontade.

— Então, beleza — falou ele, colocando a bandeja na mesa. — Valeu. Vocês duas. Sou novo aqui, não conheço ninguém ainda.

— Prazer, Novo Aqui. Eu sou a Millie.

Como assim? Ela tinha virado comediante de repente?

— Na verdade, meu nome é Dylan. Acabei de me mudar de Toledo — explicou o garoto. Então apontou para o livro. Suas unhas curtas estavam pintadas de preto. — Fã do Poe?

Millie assentiu.

— Eu também — comentou ele. — E do Lovecraft. Adoro os escritores clássicos de terror.

— Nunca li nada do Lovecraft — confessou Millie. Era melhor ser honesta do que fingir conhecer algo e acabar se enfiando numa cilada. — Mas já ouvi falar dele.

— Ah, você ia adorar — garantiu Dylan, mergulhando numa poça de ketchup um dos nuggets servidos no refeitório. — As histórias dele são superestranhas e perturbadoras.

O garoto olhou ao redor com desdém, então perguntou:

— Esta escola é tão sem graça quanto parece?

— *Mais* sem graça do que parece — disse Millie, marcando a página do livro antes de fechá-lo.

A Casa de Usher não ia a lugar algum, e ela não conseguia se lembrar da última vez que tivera uma conversa interessante.

— Cara, vou te falar... — começou Dylan, brandindo uma batata frita. — Até agora você foi a única pessoa que conheci que parece legal.

Millie sentiu o rosto esquentar. Torceu para suas bochechas pálidas não ficarem vermelhas.

—Valeu. Eu... gostei da sua jaqueta.

— E eu curti seus brincos — retribuiu Dylan.

Ela estendeu a mão para tocar uma das gotas pretas penduradas nas orelhas.

—Valeu. São joias de luto vitorianas.

— Eu sei — disse Dylan.

Ele *sabia*? Que garoto do ensino médio conhecia joias de luto vitorianas?

— Eu tenho algumas — explicou Millie. — Encontrei quase tudo no eBay. Mas não tenho dinheiro para comprar as minhas favoritas, que são...

Dylan ergueu a mão.

— Espera, deixa eu adivinhar. Você gosta daquelas que têm cabelo de gente morta, não é?

— Isso! — exclamou Millie, num misto de choque e admiração. — Joias assim até aparecem no eBay às vezes, mas sempre custam uma fortuna.

O sinal tocou, anunciando que o horário de almoço estava prestes a acabar. Dylan se inclinou na direção de Millie, sussurrando:

— *Não perguntes por quem os sinos dobram.*

— *Eles dobram por ti* — completou Millie.

De onde aquele garoto tinha saído? Certo, de Toledo. Mas como podia ser tão culto e sofisticado? Ela nunca conhecera alguém assim.

Dylan se levantou.

— Millie, foi um prazer te conhecer. Será que você e sua amiga imaginária se incomodariam se eu me juntasse a vocês amanhã no almoço?

Millie sentiu os cantos dos lábios se erguerem de forma pouquíssimo familiar.

— A gente não se incomodaria nem um pouco — respondeu ela.

— Então, cheguei a pensar em te congelar até a morte — comentou a voz. — Eu poderia causar um curto-circuito para o aquecedor pifar e meu corpo de metal ficar bem gelado. Mas acho que seu avô perceberia que a preciosa oficina está sem energia e logo daria um jeito nisso. Então congelar até a morte não é uma opção. Sinto muito se você se animou com essa ideia, docinho.

Millie estava tremendo. Não de frio, mas de medo.

— Não estou entendendo. Por que você quer me matar?

— Excelente pergunta — ponderou a voz. — Tenho algumas razões, na verdade. A primeira é bem simples: falta do que fazer. Fiquei abandonado num ferro-velho por um bom tempo antes de o seu avô me encontrar e me trazer para a oficina, onde também me deixou largado. Estou entediado até os ossos. Não que eu tenha ossos, mas você entendeu.

— E não tem nada que você possa fazer além de matar pessoas?

Aquela coisa — o que quer que fosse — era inteligente. Talvez Millie pudesse argumentar com ela.

— Nada muito interessante. Além disso, tenho uma segunda razão: você deseja a morte. Está se lamentando desde que se mudou para esta casa, falando de como quer morrer. Bom, eu gosto de matar gente, e você quer morrer. É uma relação benéfica para ambas as partes. Como aqueles passarinhos que bicam parasitas dos rinocerontes: o passarinho consegue comida, o rinoceronte se livra dos bichinhos incômodos. Nós dois conseguimos o que queremos. Todo mundo ganha.

De repente, Millie teve certeza de que, por mais que falasse e escrevesse sobre a morte, ela nunca passara de uma ideia interessante a explorar. A garota não tinha a menor intenção de concretizá-la.

— Mas eu não quero morrer. Não de verdade.

Um estrondo horrível ecoou ao redor de Millie e balançou o corpo da máquina que a prendia. A menina demorou alguns segundos para entender que eram risadas.

Para o jantar, o avô preparou macarrão com molho marinara, pão de alho e salada caesar. Era muito melhor do que as refeições de costume.

— Olha só, você está comendo — comentou o avô.

— Porque está gostoso de verdade — respondeu Millie, enrolando um monte de macarrão no garfo.

— Finalmente descobri alguma coisa que você gosta de comer! — comemorou o avô. — Vou adicionar esses pratos ao meu repertório limitado. Posso deixar seu molho sem carne e colocar almôndegas no meu, então todo mundo fica feliz: herbívoros e carnívoros.

— Bom, "feliz" é exagero — retrucou Millie, sem querer admitir que aquele dia até que estava sendo bom. — Mas o macarrão está gostoso, e a escola não foi tão insuportável.

— E o que fez a escola não ser tão insuportável? — perguntou o avô, garfando uma almôndega.

— Conheci uma pessoa que parece legal.

— Sério? E essa pessoa é uma garota ou um garoto?

Millie não gostou do tom insinuante dele.

— Bom, não que importe, mas é um garoto. Nem tente transformar isso numa historinha de amor. A gente só teve uma conversa decente, mais nada.

— Conversar já é um ótimo começo, especialmente hoje em dia. A maioria das pessoas da sua idade não tira a cara do celular por tempo suficiente para perguntar "Como vai?" — reclamou o avô. — Não quero colocar a carroça na frente dos bois, mas conheci sua avó quando ela era só um pouco mais velha que você.

— Ah, então agora o senhor quer que eu fique noiva de um cara que acabei de conhecer? Eu tenho catorze anos, vô!

Ele riu.

— Você tem razão, não tem idade para noivar. E sua avó e eu não noivamos na adolescência. Fomos namoradinhos ao longo do ensino médio e depois entramos na mesma faculdade. Ficamos noivos no último ano e nos casamos em junho, logo depois da formatura. — Ele sorriu. — E tudo começou com uma conversa boa no almoço da escola, como a que você teve hoje. Então, nunca se sabe.

— Segura a onda, coroa — brincou Millie, tentando reprimir um sorriso.

Os olhos do avô ficaram marejados.

— Estou só me lembrando do passado. Queria que você tivesse conhecido sua avó, Millie. Ela era realmente especial. E perdê-la quando ela mal tinha quarenta anos...

— É como em "Annabel Lee" — murmurou Millie.

— O poema do Poe? *Foi há muitos e muitos anos já, num reino ao pé do mar...* Hum, acho que foi parecido mesmo.

— O senhor conhece o Poe? — questionou Millie.

Era estranho ouvi-lo recitar um de seus poemas favoritos. O avô era uma pessoa de exatas; a neta não esperava que ele entendesse de poesia.

— Acredite ou não, sou um cara bem culto. Gosto do Poe e de vários outros escritores. Sei que você gosta dele porque é sombrio e assustador. É fácil romantizar a morte quando se é jovem e a derradeira está tão distante. Mas ele não escrevia sobre a morte porque a achava romântica, e sim porque perdeu muitas pessoas que amava. Você nunca passou por isso, Millie. Essas perdas... mudam a gente. — Ele piscou para conter as lágrimas. — Sabe, por muitos anos depois da morte da sua avó, amigos tentaram me juntar com outras mulheres, mas nunca deu certo. Ela era a única para mim.

Millie nunca havia pensado muito nos sentimentos do avô. Em como ele devia ter se sentido quando a avó adoecera e morrera. Em como devia ter ficado sozinho depois da partida dela. Em como ainda devia se sentir solitário.

— Deve ter sido difícil — falou a garota, enfim. — Perder a vovó.

O avô assentiu.

— Foi, muito. Sinto saudades dela todos os dias.

— Bom, obrigada pelo jantar. É melhor eu ir fazer o dever de casa.

— Sem que eu precise mandar? — brincou o avô, sorrindo.

— Hoje com certeza é um dia especial.

No quarto, Millie não pensou sobre a morte. Pensou em Dylan e no que o avô dissera sobre a avó. Quando ele recitou "Annabel Lee", pareceu um poema de amor, e não um poema de morte.

— Milliezinha Bobinha, para alguém que não quer morrer, você passava muito tempo falando sobre o assunto — criticou a voz, que ribombava a seu redor. — Mas é sempre assim, não é? Falar é fácil.

— Acho que... — começou Millie, fungando — ... todas as vezes que eu disse que queria morrer, na verdade queria escapar. Não queria a morte. Só queria que minha vida fosse diferente.

— Ah, mas isso exige ação — ponderou a voz. — Mudar a própria vida para melhor, especialmente quando o mundo é tão cruel. É muito mais fácil, e mais satisfatório, desistir da vida. O que me traz à segunda leva de opções. São muito mais interessantes, por sinal. Quase todas seriam rápidas e simples para você, embora exijam um pouco mais de esforço da minha parte. Mas não estou reclamando, hein? Nada melhor que um desafio para aliviar meu tédio. E você gosta do Drácula, não gosta?

Millie mal conseguiu forçar as palavras a saírem:

— Por quê? Vai morder meu pescoço?

— Como eu faria isso com você na minha barriga, tolinha? Sei que é fã do Drácula. Os seus colegas te chamam de Filha do Drácula, não chamam? Então, talvez você não saiba que o personagem foi inspirado numa pessoa de verdade, um príncipe chamado Vlad Drácula. Que é mais conhecido pelo apelido Vlad, o Empalador.

As entranhas de Millie se contorceram.

— Vlad matou milhares de inimigos, mas seu maior feito foi a criação de uma "floresta de empalados" onde milhares de vítimas, homens, mulheres e crianças, foram enfiados em estacas e presos à terra. Bem, não sou um príncipe nem almejo tamanho feito, mas não deve ser tão difícil realizar um único empalamento. Posso pegar uma das hastes de metal de que sou feito e enfiar pela boca, espetando você até atravessar seu corpo. Se atingir seus órgãos vitais, a morte será rápida. Caso contrário, haverá algumas horas de hemorragia e sofrimento. As pessoas que visitaram a floresta dos empalados depois falavam sobre os gritos e arquejos das vítimas. Então... empalamento! Há quem diga que outras formas de morrer são empa*lamentáveis* se comparadas a esta! — A voz parecia estar se divertindo. — Rápido ou devagar, o resultado é o mesmo. Como eu disse, todo mundo ganha.

— Não — sussurrou Millie.

Ela queria o pai e a mãe. Queria o avô. Eles a ajudariam se soubessem. A garota até aceitaria a ajuda do tio Rob e da tia Sheri se eles viessem em seu resgate. Até vestiria um suéter de Natal para agradá-los.

• • •

Millie se sentou na mesa do refeitório, cheia de expectativa. Tinha dado atenção especial à aparência naquela manhã, escolhendo com cuidado uma blusa de renda preta e um colar de luto vitoriano de sua pequena coleção. O pó que passou no rosto intensificava sua palidez, e o delineador preto de gatinho dava um toque perfeito.

Conforme os minutos passavam, ela começou a se preocupar. E se Dylan não aparecesse? E se ela tivesse se arrumado à toa? E se, como sempre suspeitara, a vida jamais pudesse oferecer prazer ou alegria?

Mas então ele apareceu, com sua jaqueta de couro, seu cabelo vermelho-vivo e seus brincos prateados.

— E aí? — cumprimentou Millie, tentando não parecer feliz demais.

— Oi — respondeu ele, colocando a bandeja na mesa e se sentando. — Trouxe uma coisa para você.

O coração de Millie começou a bater mais forte. Ela torceu para que não estivesse muito na cara.

Do bolso interno da jaqueta de couro, o garoto pegou um pequeno livro gasto.

— H.P. Lovecraft — disse Dylan. — Comentei sobre ele ontem.

— Eu lembro — afirmou Millie, pegando o livro e lendo o título. — *O chamado de Cthulhu e outros contos*. É assim que se fala mesmo, "Cutulu"?

— Ninguém sabe — explicou Dylan. — O Lovecraft que inventou esse nome, e ele morreu, então não tem como perguntar. Pode ficar com o livro. Ganhei uma edição de capa dura de aniversário. — Ele abriu um sorrisão, então acrescentou: — Meus pais são legais. Não se incomodam de eu gostar de coisas esquisitas.

—Valeu.

Ela guardou o livro na bolsa, sentindo um sorrisinho querendo tomar os lábios.

Com certeza leria aquelas histórias, mas não foi o livro que a deixou tão animada. Era o fato de Dylan ter pensado nela. Enquanto ele estava em casa, sozinho, havia pensado em Millie, encontrado o livro, guardado no bolso da jaqueta e depois lembrado de lhe dar o presente. Na experiência dela, garotos não costumavam ser tão atenciosos assim.

Depois do jantar, já no quarto, Millie começou a ler o livro de H.P. Lovecraft. Dylan tinha razão. Era esquisito. Mais esquisito até que as histórias do Poe, e assustador de uma forma que a deixava arrepiada. Mas ela amou.

Era um presente perfeito para alguém como ela. Millie não era o tipo de garota que gostava de flores e chocolates.

Depois de ler alguns contos, abriu o notebook. Em vez de pesquisar "poemas sobre morte", pesquisou "poemas sobre amor". Achou um famoso de Elizabeth Barrett Browning, que começava assim: "Como te amo? Deixa eu contar os modos." Ela já tinha lido esse e, na época, achou que eram só algumas palavras bonitas. Mas agora conseguia apreciar o sentimento nelas, a conexão rara que se formava ao compreender alguém e ser compreendida de volta.

Millie pegou o diário com a capa de couro preto e mordeu a ponta do lápis, refletindo. Por fim, escreveu:

*Tu arrancaste os espinheiros escuros
que envolviam meu coração ferido
para que ele voltasse a bater sem dor.
Tu és o jardineiro que desperta as plantas
da morte gélida e cinzenta do inverno
para que possam florir outra vez, como meu coração,
uma rosa cor de sangue que desabrocha devagar.*

Ela releu o poema e suspirou, satisfeita. Seu humor só piorou um pouquinho quando deixou o diário de lado para começar o dever de casa.

— Não? Que pena. Sempre gostei do toque dramático do empalamento. Que tal algo mais animado? Eletrocussão é uma boa opção. Sabia que a ideia da cadeira elétrica surgiu nos anos 1800, graças a um dentista chamado Alfred P. Southwick? Ele inventou uma versão elétrica da cadeira onde tratava seus pacientes. Não é algo muito agradável de se dizer para quem tem fobia de dentista, né? Não tenho uma cadeira, mas posso enviar correntes fortes de energia pelo meu corpo. Se uma delas passar pelo seu coração ou cérebro, você morreria rapidinho. Caso contrário, ficaria com queimaduras terríveis, e seu coração entraria em fibrilação, o que levaria à morte se ninguém te socorresse. E acho que já deixei claro que ninguém virá ao seu socorro.

Socorro era uma palavra que Millie queria berrar desesperadamente, mas sabia que seria um desperdício de energia. E precisava conservar energia para ter alguma chance de sobreviver.

— E aí, mocinha? Quer ser eletrocutada? Você ficaria *chocada* com a eficácia. Fora que ia ser uma diversão *vibrante*! — disparou a voz, rindo de novo.

Uma vez, Millie tomara um choque ao tirar o secador de cabelo da tomada de um hotel com péssima fiação elétrica. Sentiu a eletricidade subir dilacerante pelo braço e ficou sem fôlego por alguns instantes, como se tivesse levado um soco na barriga. Não queria imaginar a sensação de ser perpassada por uma corrente forte o bastante para matar.

— Seria divertido para você, mas não para mim — respondeu ela.

Sábado à tarde, enquanto a maioria das crianças estava no shopping, no cinema ou brincando na casa de um amigo, Millie foi até a biblioteca pública. Era uma caminhada de uns vinte minutos. O tempo gasto na ida e na volta, somado a umas duas horas fuçando os livros e lendo um pouquinho por lá mesmo, era uma forma agradável de passar uma tarde sozinha.

Naquele dia, ela vasculhou as prateleiras em busca de livros sombrios. Já havia terminado O *chamado de Cthulhu*, e ficou decepcionada ao descobrir que não havia outros títulos de Lovecraft nas estantes.

— Ei — chamou alguém atrás dela.

Millie se sobressaltou, mas depois viu que era Dylan.

— Não quis assustar você — continuou o garoto. — E aí, leu o livro do Lovecraft?

Ela não conseguia acreditar no alinhamento de planetas que a havia feito esbarrar em Dylan fora da escola.

— Sim, eu amei. Estava torcendo para encontrar outros dele aqui.

— Hum... Aposto que consigo escolher outro livro que você vai gostar. Só um segundo.

Com uma expressão pensativa, ele analisou as prateleiras e enfim pegou um livro fininho de capa preta. Millie leu o título:

— *A loteria e outros contos*, de Shirley Jackson.

—Você vai amar essa autora. É o livro perfeito para continuar sua saga de horrores clássicos — disse ele. — Enfim, eu estava lendo naquela mesa ali e vi você. Se quiser, pode se sentar comigo para ler também.

— Pode ser — concordou Millie, se esforçando para não demonstrar como estava feliz com o convite.

— Preciso admitir que tive um motivo escuso para te convidar para sentar comigo — revelou Dylan. — Quero ver sua cara quando terminar o primeiro conto.

Os dois ficaram sentados um de frente para o outro, lendo juntos e em silêncio. Millie amava conversar com Dylan, mas ficar calada com ele também era legal. Ela leu "A loteria" com uma sensação crescente de suspense. Quando chegou ao final, Dylan caiu na gargalhada.

—Você foi lendo e seu queixo foi caindo — disse ele. — O fim é muito chocante, não é?

— Muito.

— Então... — começou Dylan. — Eu estava pensando em tomar um chá na cafeteria aqui do lado depois que pegasse meus livros. Quer ir junto? Não precisa tomar chá, pode escolher um café ou chocolate quente.

— Chá parece ótimo — respondeu Millie.

Aquela tarde estava sendo muito legal. Surpreendentemente legal.

Millie passara na frente da Café e Chá: Chega pra Cá centenas de vezes, mas nunca havia entrado. Era um ambiente agradável, com paredes de tijolos cheias de pinturas de artistas locais. Sentada com Dylan, cada um com sua xícara fumegante, Millie disse:

— Acho que quero ser bibliotecária quando crescer.

Nunca havia contado aquilo para ninguém; tinha medo de que rissem dela.

— Seria legal — falou Dylan. — Você ama livros.

— Amo livros e amo o silêncio — explicou Millie, bebericando seu chá Earl Grey.

— Você poderia se vestir como uma bibliotecária gótica — sugeriu Dylan. — Fazer um penteado elaborado, usar suas joias de azeviche, um vestido vitoriano preto e aqueles óculos antigos pequenininhos que ficam apoiados só no nariz... Qual é o nome deles mesmo?

— Pincenê.

— Isso! — Dylan sorriu. — Você deveria se vestir assim e ficar fazendo *shhhh* para as pessoas. Ia dar um baita susto nelas!

Millie caiu na gargalhada. E, precisava admitir, a sensação era boa.

Ir para a escola era melhor agora que ela sabia que almoçaria com Dylan. Millie passava a manhã esperando para encontrá-lo e a tarde pensando no que haviam conversado. Às vezes, se sentia meio boba por passar tanto tempo pensando num garoto.

Mas Dylan não era um garoto qualquer.

Naquele dia, quando Millie chegou da escola, o avô foi falar com ela na sala de estar bagunçada.

— Pensei que a gente podia ir à feirinha de fim de ano da escola — sugeriu ele. — É hoje à noite.

Em vez do cardigã de sempre, o avô vestia um suéter verde, com uma estampa feia de árvores de Natal sorridentes. Eram meio assustadoras.

— A feirinha de fim de ano é um saco. — Millie revirou os olhos. — É só um monte de gente vendendo enfeites de Natal feios, feitos com palito de pirulito.

— Ah, sempre gostei da feirinha quando era professor. Este ano vão servir chili, e vai ter a versão vegetariana. Além de biscoitos à vontade. Pense bem nessas palavras, Millie. — Ele fez uma pausa dramática. — Biscoitos. À vontade.

— O senhor fez questão de pesquisar tudo, hein? — observou Millie.

Nunca admitiria em voz alta, mas era fofinho ver o avô tão empolgado.

— Ô, se fiz. Levo biscoitos muito a sério.

— Percebi.

Millie suspirou. Talvez daquela vez pudesse fazer o que o avô queria. Eles não costumavam sair juntos, e seria bom para ele passar um tempo com outras pessoas.

— Tá, eu vou, mesmo não sendo minha praia — cedeu a garota.

— Maravilha! — exclamou o avô. — A gente sai daqui a uma hora. — Ele a olhou de cima a baixo. — O que acha de vestir alguma outra cor além de preto? Talvez… algo mais natalino?

— Sem forçar a barra, vô — alertou Millie.

Não podia acreditar que tinha concordado em ir a um evento tão ridículo. Mas talvez Dylan estivesse lá — a contragosto, como ela — e eles poderiam tirar sarro da feirinha juntos.

Os corredores da escola cintilavam com as luzinhas natalinas, e a previsão de Millie sobre a feiura dos enfeites se provou correta. Mas o chilli vegetariano estava uma delícia, e havia uma variedade impressionante de biscoitos — incluindo de gengibre, seu favorito. Depois que ela e o avô ficaram satisfeitos, a garota saiu vagando pelos corredores, fingindo olhar as artes expostas dos alunos. Na verdade, procurava por Dylan.

Ela o encontrou no corredor do primeiro andar — mas não da forma que queria.

Dylan estava parado diante de uma barraquinha cheia de renas natalinas feitas de alcaçuz. Mas não estava sozinho. Estava com Brooke Harrison, uma garota loira tediosamente bonita que era da mesma turma de geografia política dos Estados Unidos que Millie. Dylan e Brooke estavam de mão dadas, rindo de alguma piada interna num clima de casal.

Millie mordeu o lábio para não gritar, deu meia-volta e saiu correndo. Desceu a escadaria a passos largos. Precisava encontrar o avô e dar o fora dali.

— Por que a pressa, Filha do Drácula? — perguntou um garoto aleatório.

Ela nem se deu ao trabalho de ver quem era. Eram todos iguais, afinal de contas.

A garota entrou no refeitório às pressas, procurando o suéter do avô no meio da multidão. Infelizmente, muitas pessoas estavam usando suéteres natalinos com estampas feias.

Enfim o encontrou perto da mesa de bebidas, tomando café e conversando com outros dois professores aposentados. Parecia que todos compravam suéteres natalinos na mesma loja.

— A gente precisa ir — avisou Millie.

O avô franziu o cenho, preocupado.

—Você está passando mal?

— Não, a gente só precisa ir — insistiu Millie.

Por que ele não andava logo?

— Tudo bem, querida. — Ele lançou um olhar aos outros senhores que parecia dizer: "Eles são tão dramáticos nessa idade..." Depois, o avô se despediu: — Até a próxima, companheiros. Feliz Natal.

No carro, ele perguntou:

— O que houve, querida? Alguém falou alguma coisa que te magoou?

Millie não podia acreditar na estupidez do avô.

— Não, porque ninguém na escola fala comigo. Ninguém ali se importa se estou viva ou morta!

Ela reprimiu um soluço e esfregou os olhos para tentar conter as lágrimas.

— Lembro de me sentir assim na sua idade — disse o avô. — Não gostaria de voltar aos meus catorze anos por nada, mesmo considerando o tempo que ia ganhar.

As lágrimas não paravam. Millie olhou pela janela e tentou ignorar o avô. Ele não a entendia de verdade. Ninguém entendia, muito menos pessoas que ficavam animadas com suéteres natalinos, biscoitos e toda aquela celebração cheia de alegria falsa que inventavam para ocupar a mente e afastar o medo que sentiam da morte.

Millie não tinha medo da morte. Naquele momento, a morte parecia sua única amiga.

— Caramba, que menininha exigente — alfinetou a voz. — Para quem está com pressa de acabar logo com isso, estamos demorando demais para decidir o método. Mas ainda temos várias opções. Me sinto um garçom apresentando o cardápio inteiro de um restaurante chique. Só que o objetivo do cardápio de restaurante é matar a fome. O do nosso cardápio é matar você. — A voz soltou mais uma risada retumbante. — Ai, ai, eu racho o bico. Bem... Já que estamos falando de comida, o que acha de morrer cozida? Sabia que Henrique VIII cozinhava seus inimigos vivos como forma oficial de punição durante seu reinado? O termo "cozinhar vivo" é engraçado, porque a pessoa não fica viva por muito tempo. Enfim, eu poderia encher meu interior de água, depois usar meus estoques de energia para aumentar cada vez mais a temperatura. Primeiro ia parecer um banho gostoso e quentinho, mas depois começaria a ficar insuportavelmente quente. Será que você acabaria vermelha que nem uma lagosta?

Desolada na mesa do refeitório, Millie pensava em como estava condenada a comer sempre sozinha. Abriu uma coletânea de contos de terror que tinha pegado na biblioteca da escola. Livros, ao menos, sempre lhe faziam companhia.

Mas Dylan apareceu e se sentou diante dela, como se nada tivesse acontecido.

— Oi — cumprimentou ele.

— Sério, como você ousa se sentar aí assim? — perguntou Millie.

Ele estava agindo de forma casual, abrindo os sachês para formar uma poça de ketchup no prato, como sempre.

— Assim como? — perguntou Dylan, confuso. — Eu me sento aqui todos os dias.

— Achei que você ia querer se sentar com a Brooke — acusou Millie.

— O almoço dela é num horário diferente do meu — explicou ele, distraído, mergulhando um nugget no ketchup e dando uma mordida.

Millie sentiu a raiva começar a borbulhar nos dedos do pé.

— Então sou o quê? Sua segunda opção? Uma substituta?

Dylan esfregou o rosto como se estivesse cansado.

— Foi mal, Millie. Eu estou tentando acompanhar o raciocínio, de verdade, mas você não está fazendo sentido.

Millie não conseguia entender como ele podia ser tão burro.

— Dylan, eu te vi. Com ela. Na feirinha ontem à noite.

— Sim? E daí?

Ela nunca tinha se sentido tão exasperada.

—Vocês estavam de mãos dadas. Parecendo um casal.

— Sim? E daí? — repetiu ele. Mas de repente uma expressão de compreensão tomou seu rosto. — Millie, você achava que nós dois estávamos... tendo alguma coisa?

Millie engoliu em seco e se forçou a não chorar.

—Você me *notou*. Trouxe um livro para mim. Me levou para tomar chá. Claro que achei. Achei que a gente *podia*. No futuro. Ter alguma coisa, digo.

— Caramba — soltou Dylan. — Sinto muito se passei a impressão errada. Assim, você é incrível, linda e tudo mais, mas nunca quis dar a entender que somos nada além de amigos. Você nunca teve um amigo homem?

Hannah tinha sido a única amiga de Millie, antes de abandoná-la. E não havia a menor condição de compartilhar aquela informação com Dylan.

— Claro que sim — mentiu ela. — Mas você disse que eu era a única pessoa legal que você encontrou na escola.

— Sim, mas aquilo foi no meu primeiro dia de aula. Depois, conheci outras pessoas legais.

— Tipo a Brooke? — retrucou Millie, sarcástica.

— Por quê? Você não gosta da Brooke?

— Ela é loira e sem graça — alfinetou a garota.

Não precisava medir as palavras. Aquela era a verdade nua e crua.

— E por acaso você já conversou com ela? — questionou Dylan. — Sabe como ela é?

Millie tentou lembrar se já ouvira Brooke falar alguma vez. Imaginava que a garota ficava calada na aula de geografia política dos Estados Unidos porque não tinha nada interessante ou importante para dizer.

— Nunca conversei com ela — respondeu Millie, enfim. — Não converso com qualquer pessoa.

Dylan balançou a cabeça.

— Bom, a Brooke não é *qualquer pessoa*. Ela é inteligente, divertida e lê bastante. Quer ser veterinária. Do que importa a cor do cabelo dela?

Ele encarava Millie com tanta intensidade que era como se estivesse enxergando seu interior.

— Millie, você me decepcionou. Justo você, com seu guarda-roupa todo preto, seu delineador preto e seu esmalte preto. Você deveria saber como é ruim julgar as pessoas pela aparência. Não gosta quando é com você, mas faz exatamente a mesma coisa com os outros. Isso se chama hipocrisia. — Ele se levantou. — Acho que chega de conversa.

O humor de Millie foi ficando cada vez mais sombrio conforme as festas de fim de ano se aproximavam. As temperaturas baixas, o céu cinzento e as árvores sem folhas combinavam perfeitamente com seu estado emocional. Casas decoradas com luzinhas coloridas e Papais Noéis de plástico a irritavam, e as músicas natalinas nas lojas e em outros espaços públicos a enfureciam. Ela sentia que ia surtar se fosse obrigada a ouvir "Noite Feliz" mais uma vez.

A alegria natalina, os desejos de paz, a caridade típica da época eram apenas mentiras que as pessoas contavam para si mesmas. O inverno era a estação da morte.

Durante o jantar (fritada de legumes para Millie, fritada de legumes com frango para o avô), ele perguntou:

— E aí, está animada para o último dia de aula antes das férias de inverno?

— Não muito, na verdade — falou Millie. — Aliás, estou para avisar há um tempinho que não vou celebrar o Natal este ano.

O queixo do avô caiu.

— Não vai celebrar o Natal? Por quê?

Millie cutucou um pedaço de brócolis com o garfo.

— Eu me recuso a fingir que estou feliz num dia específico por pressão da sociedade.

— O Natal não tem a ver com pressão da sociedade. Tem a ver com família — explicou o avô. — Tem a ver com todo mundo se reunir e aproveitar a companhia dos seus. Na noite de Natal, sua tia, seu tio e seus primos vão vir pra cá, e sua mãe e seu pai vão ligar pelo Skype para participar. A gente vai fazer a ceia, trocar presentes, tomar chocolate quente, comer biscoito e jogar jogos de tabuleiro.

Millie sentiu náusea só de pensar em toda aquela felicidade falsa.

— Eu vou estar aqui porque não tenho mais para onde ir, mas me recuso a participar das comemorações — sentenciou a garota.

— Isso já é uma decisão final? — perguntou o avô, empurrando o prato para o lado. — Escuta, Millie, você nunca foi uma criança muito feliz. Só Deus sabe como você fazia manha quando era bebê, e suas birras de criança eram lendárias. Mas tenho a impressão de que ficou ainda mais infeliz agora que está comigo, e sinto muito por isso, de verdade. Já estou velho, e não sei muito bem do que mocinhas como você gostam, mas fiz o máximo para tornar a casa acolhedora para minha neta. Talvez tivesse sido melhor você ter escolhido se mudar para a Arábia Saudita com sua mãe e seu pai. Sei que deve estar sendo difícil ficar tão longe deles.

— Eu não estou com saudades dos meus pais! — gritou Millie.

Mas, assim que as palavras saíram de sua boca, percebeu que talvez não fosse verdade. Sim, às vezes eles a deixavam maluca quando estavam todos juntos, mas era esquisito passarem tanto tempo afastados, e as ligações pelo Skype domingo à noite não compensavam a ausência deles no dia a dia. E ela costumava ficar de mau humor durante as chamadas de vídeo, irritada por eles terem se mudado, então as conversas nem sempre eram agradáveis.

— Certo, talvez não esteja mesmo — replicou o avô. — Mas tem alguma coisa te incomodando... Talvez um problema na escola ou uma desavença com algum amigo? Não estou prometendo que vou conseguir ajudar, mas às vezes contar para alguém já alivia.

Contra sua vontade, uma imagem de Dylan surgiu na mente de Millie... Dylan no dia em que se conheceram, quando ela mal acreditou que aquele garoto novo e interessante, que poderia ter se sentado em qualquer lugar do refeitório, escolheu ficar com ela. Bom, aquilo não acontecia mais. Agora ele se sentava numa mesa com meninos que só falavam de RPG enquanto a única companhia de Millie era um livro.

— Eu já falei para você, não tenho amigos.

— Bom, talvez devesse tentar fazer algum, então — sugeriu o avô. — Não precisa ser a mais popular da escola, mas todo mundo precisa de um bom amigo.

— Você não sabe do que eu preciso! — gritou Millie, se levantando da mesa. — Vou fazer o dever de casa.

Ela não tinha dever, já que entraria de férias dali a um dia, mas estava disposta a dar qualquer desculpa para sair dali.

— E eu vou para a minha oficina — anunciou o avô. — Você não é a única que pode sair batendo o pé dos lugares, viu, mocinha?

Era a primeira vez desde que Millie tinha ido morar ali que o avô perdia a paciência com ela.

No quarto, Millie abriu o laptop, acessou o YouTube e digitou "videoclipe Curt Carniça". Clicou em "Máscara da Morte", sua música favorita. O clipe era cheio de imagens de corvos, morcegos e abutres. No centro de tudo estava Curt Carniça, cantando suas letras mórbidas, com o cabelo preto arrepiado, a pele pálida e o delineador preto aplicado com perfeição. Millie sentia que Curt Carniça era a única pessoa no planeta inteiro que a entenderia.

Mas quem ela estava querendo enganar? Ninguém jamais a entenderia.

— Por favor, não me cozinhe viva — pediu Millie.

Ela precisava dar um jeito de fugir. De repente, queria desesperadamente viver.

— Não quer ser cozida? Bom, é compreensível. Até onde sei, é uma forma horrível de partir. Quem assistiu às sessões em que Henrique VIII cozinhava suas vítimas disse que era tão nojento que preferiam ver alguém perdendo a cabeça. Ah, eis um bom método que não consideramos ainda. Decapitação! — A voz entoou a palavra como se fosse muito positiva. — Há várias formas de cortar uma cabeça, é claro. Se a lâmina estiver afiada, é bem rápido e indolor. Mas, se não estiver... Bem, coitada da Mary da Escócia, que precisou de três golpes do velho machado cego do carrasco antes de ter a jaca separada do corpo. Mas a guilhotina era rápida e precisa, e não exigia nenhuma habilidade do executor, o que facilitou o processo de acabar com todos aqueles ricos esnobes durante a Revolução Francesa. Só formavam uma fila e passavam todos pela guilhotina como numa linha de montagem. Ou melhor, uma linha de *desmontagem*! — A criatura riu de novo, parecia estar se divertindo muito às custas de Millie. — Na Arábia Saudita... é lá que seus pais estão, não é?... eles usam decapitação para aplicar a pena de morte. Usam uma espada, o que considero bem estiloso e dramático.

Arábia Saudita, pensou Millie. Seus pais estavam tão longe. Sem condição alguma de salvá-la. Enquanto encarava a própria morte, a garota curiosamente sentiu mais amor por eles do que nunca. Sim, eram esquisitos, tomavam decisões impulsivas e cometiam erros idiotas, mas ela sabia que os dois a amavam. Pensou nas piadas sem graça do pai e na mãe lendo histórias para ela dormir quando era criança. Seus pais podiam até ser diferentes dos pais das outras pessoas — mas nunca a deixaram passar necessidade e sempre a fizeram se sentir amada e segura.

Millie queria estar em segurança.

— Millie, ao menos desça aqui para dizer oi! — chamou o avô.

Era noite de Natal, e ele tinha passado o dia na cozinha preparando um tender e confeitando biscoitos, cantarolando desafinadamente músicas natalinas como "Noite Feliz" e "Bate o sino", entre outras que Millie odiava.

Dada a barulheira lá embaixo, a garota presumiu que o tio, a tia e os primos haviam chegado. Isso não a encheu de alegria. Nada a deixaria alegre.

Relutante, Millie se arrastou escadaria abaixo. Estavam todos reunidos ao redor de uma tigela de ponche antiga que o avô havia tirado do meio das quinquilharias que enchiam aquela casa.

Todos usavam suéteres com estampas natalinas — até os priminhos irritantes. Tia Sheri vestia uma abominação da moda com uma rena de nariz brilhante. Tio Rob, o irmão bobão do pai de Millie, usava um suéter vermelho com bengalinhas de alcaçuz, enquanto Cameron e Hayden vestiam suéteres iguais de duendes. Era tudo tão horrendo que Millie achou que seus olhos fossem sangrar.

— Feliz Natal! — cumprimentou tia Sheri, abrindo os braços. Millie não se aproximou dela.

— Oi — respondeu, a voz gelada como o tempo lá fora.

— Vai a um funeral, Millie? — perguntou tio Rob, olhando a roupa preta e roxa que a sobrinha usava.

Ele sempre fazia essa mesma piadinha. Aparentemente, nunca perdia a graça.

— Quem me dera — respondeu Millie.

Seria melhor estar num ambiente com tristeza genuína do que num com alegria falsa. E sem dúvida preferia música de órgão do que ser forçada a ouvir "Noite Feliz" mais uma vez.

— A Millie não vai comemorar o Natal este ano — anunciou o avô. — Mas concordou em nos agraciar com sua presença.

— Por que não quer celebrar o Natal? — perguntou Hayden, encarando Millie com seus grandes olhos azuis e inocentes. — O Natal é irado.

Ele tinha a língua presa, e palavras como "irado" saíam um pouco diferente. Deviam achar aquilo fofo, supôs Millie.

— E presentes são irados! — acrescentou Cameron, socando o ar de tanta empolgação.

As duas crianças pareciam ligadas no duzentos e vinte, como se os pais as tivessem enchido de café. Millie se perguntou se, no passado, ela também tinha se empolgado com as festas de fim de ano ou se sempre estivera acima daquele tipo de coisa.

— Nossa cultura é materialista demais — disparou Millie. — Por que querem mais coisas?

A tia, o tio e os primos ficaram desconfortáveis na mesma hora. Ótimo. Alguém na família precisava falar a verdade.

Sheri estampou um sorriso no rosto e perguntou:

— Millie, não vai nem tomar uma caneca de gemada?

— Gemada parece fleuma — retrucou Millie.

Sério, como uma bebida tão nojenta tinha se tornado parte de uma celebração tradicional? Gemada e panetone de frutas secas pertenciam a uma sessão de tortura, não a uma festa.

— O que é "fleuma"? — perguntou Hayden.

— É aquele negócio nojento que dá na garganta e no nariz quando a gente fica resfriado — respondeu tia Sheri.

— Nham! Gemada de meleca! — exclamou Cameron, erguendo a caneca.

Ele deu um gole exagerado na bebida e ficou com um bigodinho.

Millie não aguentava mais. Precisava sair dali.

— Vou dar uma volta — anunciou.

— A gente pode ir também? — perguntou Hayden.

— Não — rebateu Millie. — Preciso ficar sozinha.

— Bom, não vá para muito longe. A janta sai daqui a uma hora — avisou o avô.

Enquanto Millie seguia na direção da porta, ele a lembrou de pegar o casaco, mas a garota o ignorou.

Todas as casas da vizinhança estavam com carros a mais na garagem, sem dúvida dos parentes que tinham ido passar a noite de Natal juntos. Tantas pessoas fazendo a mesma coisa ao mesmo tempo. Presentes, gemada e hipocrisia. Bom, Millie era diferente, e não participaria daquilo.

Hipocrisia, pensou de novo, e dessa vez a palavra doeu. Dylan a chamara de hipócrita por ela ter julgado Brooke pela aparência. Mas garotos — mesmo os que pareciam legais, como Dylan — se deixavam levar pela aparência. Quando uma garota loira de beleza convencional dava a mínima atenção para eles, se convenciam de que ela era uma santa e uma gênia. Millie não era hipócrita. Só sincera. E, se algumas pessoas não conseguiam encarar a verdade, problema delas.

Depois de dar uma volta no quarteirão, estava morrendo de frio, mas não queria voltar para casa ainda.

Uma ideia surgiu em sua mente. A oficina do avô tinha um pequeno aquecedor que estava sempre ligado. A garota podia ficar ali, bem quentinha, enquanto esperava a comemoração acabar. O avô estava ocupado demais fazendo sala para as visitas para ir até a oficina. Era o esconderijo perfeito.

O avô escondia uma chave debaixo do vaso ao lado da porta da oficina. Millie a encontrou, abriu a porta e puxou a correntinha que acendia a única lâmpada do quartinho sem janelas. Então fechou a porta e olhou ao redor.

O espaço estava ainda mais entulhado que da última vez que estivera ali. O avô devia estar fazendo visitas frequentes a feiras de quintal, antiquários e ferros-velhos. Ao lado da bancada havia uma bicicleta enferrujada, daquelas com uma roda dianteira imensa e uma traseira bem pequenininha. Tinha vários brinquedos mecânicos também. Um cofre com um palhaço que jogava moedas na própria boca. Uma caixinha de manivela, cujo boneco lhe deu um susto ao pular para fora, mesmo Millie sabendo que isso aconteceria no instante em que começou a girar a manivela. Havia até um daqueles macacos sorridentes que tocavam pratos.

Por que o avô acumulava todas aquelas coisas? O que planejava fazer com elas? *Consertar tudo e atulhar ainda mais a casa*, suspeitou Millie.

O item mais esquisito de todos estava num canto da oficina. Era uma espécie de urso mecânico com gravata-borboleta, cartola e um sorriso assustador. Parecia ter sido branco e rosa no passado, mas anos de negligência o haviam feito assumir um tom acinzentado. Era grande — a ponto de alguém conseguir entrar no corpo do urso se quisesse, como naqueles filmes de ficção científica em que as pessoas "dirigiam" robôs gigantes. As dobradiças nas articulações indicavam que os membros já se moveram algum dia. Devia ser um animatrônico esquisito de uma daquelas atrações infantis antigas. Por que criancinhas sempre gostavam de coisas que pareciam saídas de um pesadelo?

Millie ouviu risadas e gritos lá fora. Hayden e Cameron, brincando no quintal. Ela não tinha trancado a porta por dentro. E se eles tentassem entrar ali?

Não podia deixar que os primos a encontrassem. Eles contariam onde ela estava para os adultos, e Millie seria arrastada para casa e sentenciada a participar da celebração obrigatória.

Ela encarou o velho urso animatrônico outra vez — não por curiosidade, mas como uma possível solução para seu problema.

Abriu a portinhola que levava à cavidade do corpo do urso, pulou para dentro e a fechou. Foi envolta pela escuridão. Era muito melhor que as luzinhas irritantes e os suéteres bregas e coloridos.

Perfeito. Ninguém a encontraria ali. Millie só voltaria para dentro de casa depois que ouvisse o carro do tio Rob e da tia Sheri ir embora. E daí que não participaria da chamada de vídeo com os pais? Eles mereciam, já que tinham decidido passar o Natal tão longe dela.

— Crianças, hora do jantar de Natal! — chamou o avô da porta dos fundos. — Millie, entre também, caso esteja ouvindo!

Cameron e Hayden correram para dentro de casa, com as bochechas rosadas por causa do vento frio.

— O cheiro está uma delícia — elogiou Cameron.

— É porque preparei um banquete — brincou o avô. — Tender com batata-doce, pãezinhos e a caçarola de vagem da mãe de vocês. Por acaso não viram a Millie enquanto estavam lá fora?

— Não, não vimos. Vovô, por que ela é tão esquisita? — perguntou Hayden.

O avô riu e explicou:

— Ela tem catorze anos. Vocês também vão ser esquisitos quando chegarem nessa idade. Agora, lavem as mãos antes de a gente se sentar para comer.

Na mesa, o avô começou a fatiar o tender grande e douradinho.

— Fiz um molho com Coca-Cola — comentou ele. — Encontrei a receita na internet. Ando pesquisando várias desde que a Millie veio morar comigo. Quase todas vegetarianas, para a coitada não passar fome. Comprei um peru à base de proteína vegetal para ela. Quando voltar, vai poder comer junto com a caçarola de vagem e as batatas-doces.

— Estou com o pressentimento de que a gente deveria sair e procurar pela Millie — disse Sheri.

— Ah, ela vai aparecer quando sentir fome ou quando achar que já passou a mensagem que queria — garantiu o avô. — Ela e aquela gata dela são iguaizinhas. É a idade, só isso. Agora, por falar em fome, quem quer um pedaço de tender?

— Não tenho uma espada como um executor saudita, Millie Bobinha — prosseguiu a voz. — Mas tenho dentes de metal afiados que poderiam atravessar esta câmara. Posso mirar na altura do seu pescoço, ou mais baixo, para te partir ao meio. Bissecção também seria um belo fim. De uma forma ou de outra, o serviço estaria feito! Acho que consigo fazer um corte limpo, como os da *madame Guillotine*, em vez de um serviço porco como o que aconteceu com Mary da Escócia, mas não posso garantir. Vai ser minha primeira tentativa de decapitação. E sua, claro, mas no seu caso também vai ser a última!

Enquanto a voz gargalhava da própria piada, Millie tentou empurrar as paredes da câmara onde estava presa. Nem se moveram. Mas então viu uma pequena fresta numa das laterais, por onde a luz entrava. Talvez se enfiasse algo ali, alguma espécie de ferramenta, conseguisse abrir a porta. Mas o que usar?

Ela considerou mentalmente suas joias. Os brincos eram pequenos e frágeis, e o colar era um conjunto inútil de contas de azeviche. Mas havia o bracelete de prata em seu pulso. Ela tirou a peça e a forçou até ficar quase reta, como uma régua. A extremidade parecia ter o tamanho certo para passar pela fresta. Mas ela estava com medo de usar a ferramenta improvisada, preocupada que o urso notasse.

— Millie? — questionou a voz. — Continua aí? Você precisa tomar uma decisão.

A garota refletiu. Se baixasse a cabeça e se encolhesse rente ao chão quando a lâmina descesse, poderia sair ilesa. Mas precisaria ser rápida e garantir que a cabeça toda estivesse fora do caminho dos dentes da peça. Caso contrário, acabaria escalpelada. Se a lâmina passasse mais baixo, para tentar dividir seu corpo ao meio, ela precisaria se espremer ainda mais contra o fundo da cavidade.

— Existe alguma chance de você me deixar ir embora? — perguntou Millie. — Ou algo que posso oferecer em troca da minha vida?

— Cordeirinha, cordeirinha, não tem nada que eu queira de você além da sua vida.

Millie respirou fundo.

— Certo. Então escolho a decapitação.

— Sério?! — A voz parecia extremamente satisfeita. — Ótima escolha. É um clássico. Prometo que não vai se decepcionar. — De novo a risada grave e retumbante. — Não vai se decepcionar porque vai estar morta!

Millie sentiu lágrimas escorrendo. Precisava ser forte. Mas podia chorar e ser forte ao mesmo tempo.

— Avise quando for me matar, por favor — pediu a garota.

— Não desça a lâmina de repente.

— Certo. Fugir você não vai. É preciso de alguns minutos para me aprontar. Sabe o que dizem, né? "Preparação prévia previne performance pobre."

A câmara estremeceu, e os olhos do animatrônico se reviraram para fora.

Millie aguardou, com o coração quase saindo pela boca. Por que tinha desejado tanto a morte? Por mais difícil que a vida pudesse ser, por mais deprimente e decepcionante que fosse, ela queria viver. Queria ao menos ter a chance de se desculpar com Dylan pelo que havia dito sobre Brooke e perguntar se podiam ser amigos de novo.

Ela se encolheu numa bolinha mais apertada, escondendo a cabeça embaixo dos braços. Torceu como nunca para que estivesse abaixada o bastante para escapar da lâmina.

— Millicent Fitzsimmons — começou a voz —, você está doravante sentenciada a morrer por Crimes de Humanidade.

— Espera — interrompeu Millie. — O que isso significa? Crimes de Humanidade?

— Você foi grosseira e irritadiça — explicou a voz. — Não hesitou em julgar os outros. Foi ingrata com aqueles que te trataram com amor e gentileza.

A voz tinha razão. Vários momentos em que Millie havia sido grosseira e ingrata passaram em sua mente, como cenas de um filme que ela não queria ver.

— Sou culpada — declarou Millie. — Mas por que preciso morrer por isso? São coisas que todo mundo faz de vez em quando.

— É verdade — concordou a voz. — Por isso que são chamados de Crimes de Humanidade.

— Mas se são crimes que todos os humanos cometem, por que *eu* preciso morrer por eles?

A voz não respondeu, e Millie sentiu uma fagulha de esperança. Talvez não precisasse contar com a sorte de estar espremida o bastante contra o fundo da cavidade. Talvez pudesse escapar na base da conversa.

— Porque — respondeu a voz — foi você que entrou na minha barriga.

Choramingando, Millie se encolheu o máximo que pôde. Caso sobrevivesse, faria questão de ser mais gentil com o avô. Ele a tratara muito bem, recebendo-a em sua casa, suportando suas crises de mau humor e aprendendo receitas vegetarianas.

— Para celebrar o espírito da Revolução Francesa — anunciou a voz —, vou fazer a contagem em francês antes de soltar a lâmina. *Un, deux, TROIS!*

Rápida como um tiro, a lâmina atravessou a câmara.

O avô pegou um prato de biscoitos açucarados e os colocou na mesinha de centro.

— Já volto com o chocolate quente — disse ele.

Na cozinha, enfim cedeu e ligou para o celular de Millie. O telefone tocou no bolso do casaco dela, ainda pendurado no cabideiro perto da porta da frente.

Ah, caramba. Bom, ela voltaria quando sentisse que havia passado seu recado — mas ele odiava pensar que a neta estava lá fora sem casaco. Fazia bastante frio.

O avô encheu cinco canecas de chocolate quente e cobriu cada uma com um punhado generoso de minimarshmallows. Levou tudo numa bandeja até a sala de estar.

— Quem quer presente? — perguntou o avô.

— Eu! — gritou Cameron.

— Eu! — gritou Hayden, ainda mais alto.

— Não é melhor esperar a Millie? — perguntou Sheri.

— Ela não quer celebrar o Natal, lembra? — retrucou Rob.
— Por que esperar se ela decidiu ser uma pentelha?

O avô não gostou de ouvir a palavra *pentelha* sendo usada para descrever Millie. Ela era uma boa menina, só estava numa idade complicada. Superaria tudo aquilo.

Ele se abaixou aos pés da árvore de Natal e organizou todos os presentes dela numa pilha alta, para que a garota os encontrasse ao voltar.

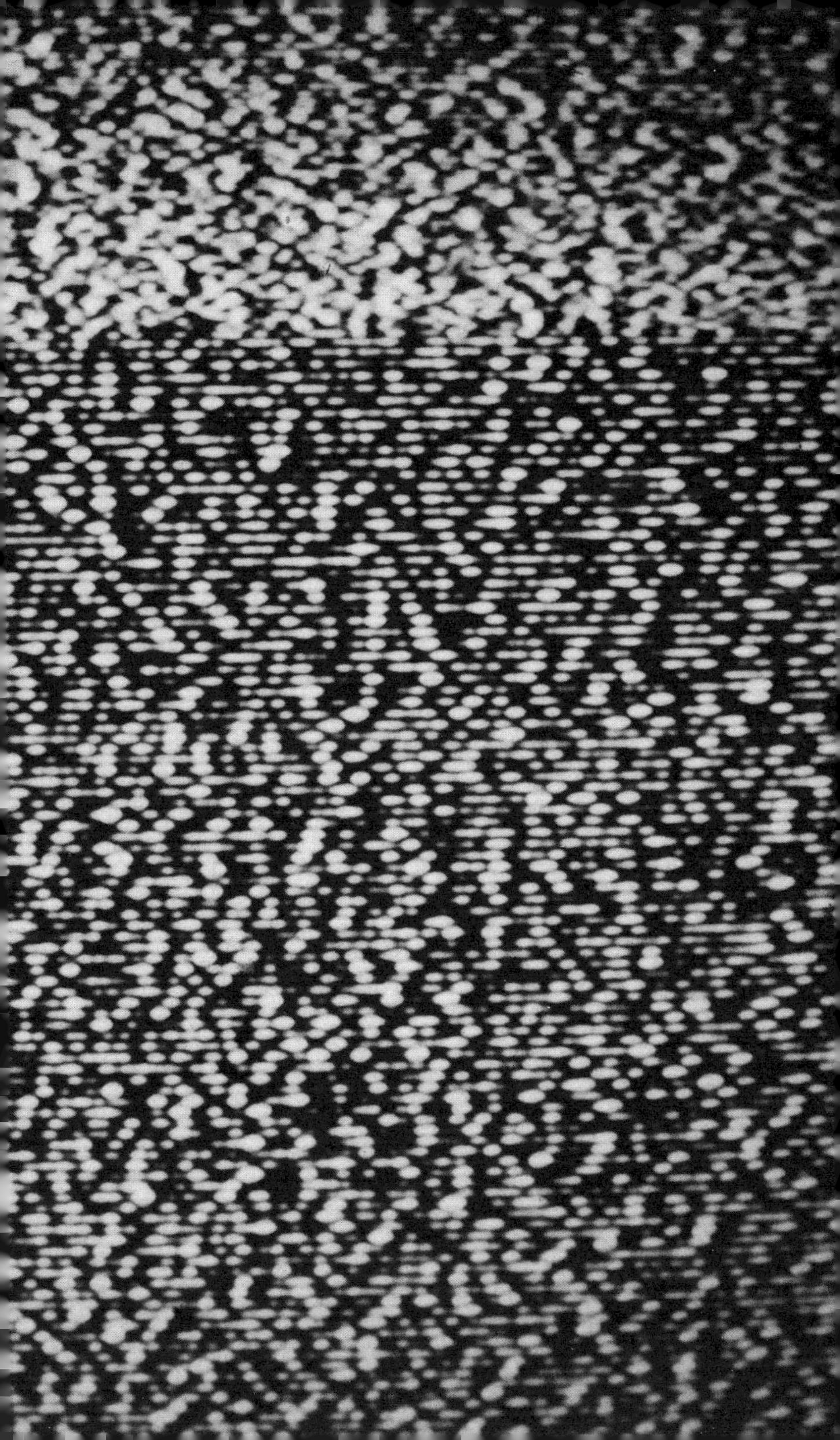

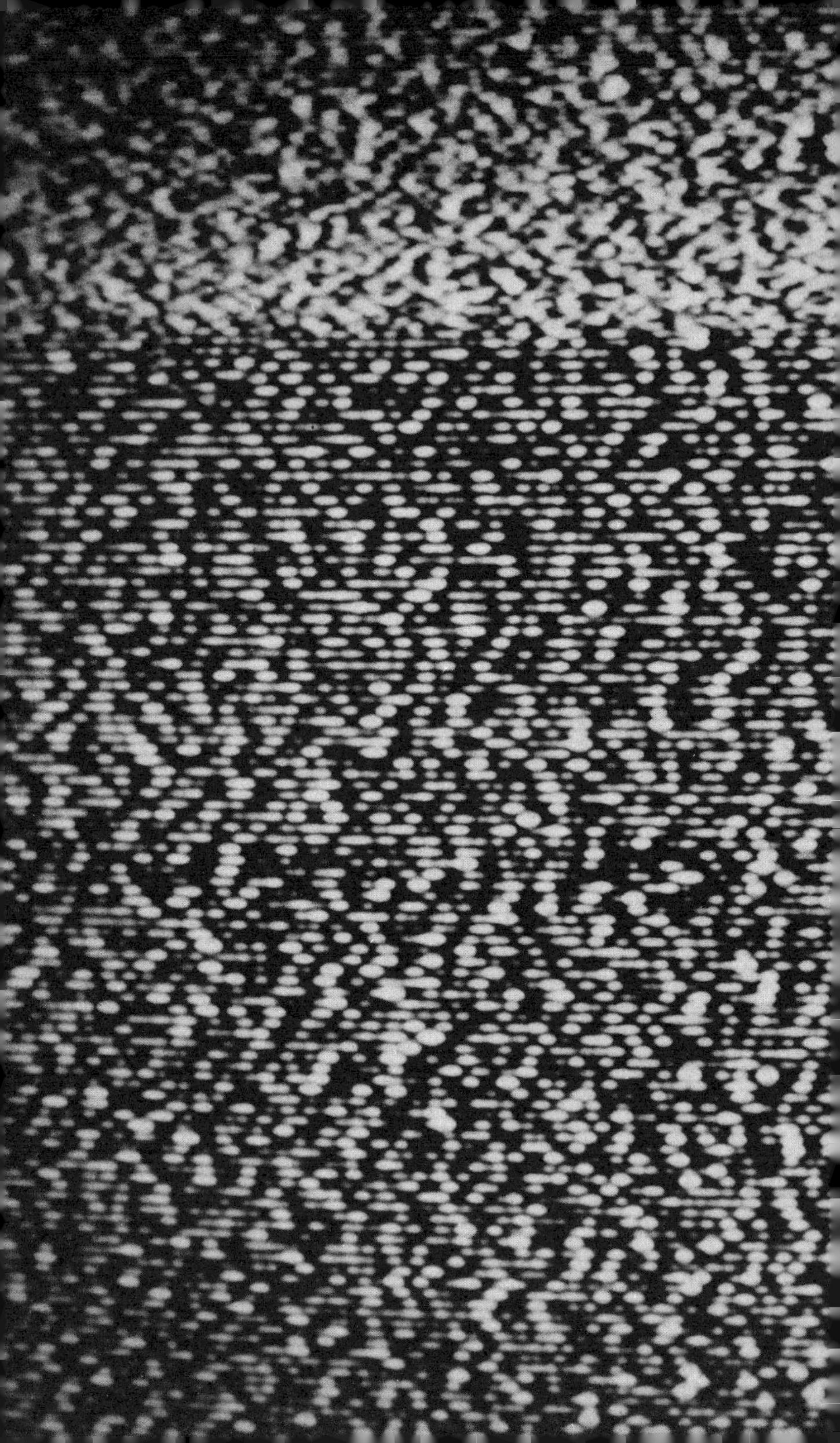

Com o pé apoiado numa gaveta aberta, o investigador Larson se reclinou na cadeira de madeira. O rangido do móvel soou mais alto sem a cacofonia diurna do escritório. O espaço atulhado continha doze mesas, o dobro de cadeiras, o triplo de computadores, monitores e impressoras, um monte de quadros de avisos, armários, bancadas e a solitária cafeteira defeituosa enfiada num canto. A máquina cuspia um café ruim de chorar e soltava chiados que alguns investigadores achavam parecidos com a ópera "Cavalgada das Valquírias". Naquele momento, emitia um de seus crescendos mais estridentes.

Larson balançou a cabeça. Só percebia como o lugar era deprimente depois que todo mundo tinha ido embora, como naquela noite de segunda-feira. Ele também já devia ter partido, mas não estava com pressa de voltar para seu apartamento vazio. Desde que a esposa, Angela, pedira o divórcio e embarcara na missão de garantir que ele tivesse o menor contato possível com Ryan, o filho de dezessete anos deles, Larson não via razão para voltar para casa. Não parecia mais um lar. Era só um imóvel de dois quartos que, segundo Ryan, cheirava a picles e tinha "o carpete mais horroroso do mundo".

O investigador dissera a si mesmo que ficaria até mais tarde para terminar uns relatórios atrasados, mas na realidade só estava sentado ali se lamentando.

Será que era mesmo um pai tão horrível quanto Angela o acusava de ser? Sim, perdera vários eventos escolares de Ryan por conta do trabalho. Sim, tinha quebrado muitas promessas feitas ao filho.

"Vou voltar para casa a tempo de treinar umas jogadas com você, Ryan" virava "Foi mal, peguei um caso novo".

"Vou te levar para acampar este fim de semana" virava "Foi mal, meu chefe me pediu para cobrir o turno".

"Ele é seu *filho*, Everett", dizia Angela o tempo todo antes de pedir o divórcio. "Devia ser sua prioridade. Não é uma tarefa que você pode deixar para depois."

Angela não entendia. É claro que ele amava o filho, mas seu trabalho não era um trabalho qualquer.

Sem dúvidas, Larson estava se lamentando. Não era a melhor forma de gastar seu tempo.

Ele se ajeitou na cadeira de escritório, tentando sem sucesso encontrar uma posição confortável. Olhou ao redor, analisando o espaço onde passara dois terços de seu tempo nos últimos cinco anos. Era um tanto sem graça. Paredes bege e lúgubres, luzes fluorescentes piscando, chão de linóleo cinzento gasto e aquele mobiliário sempre zoneado... *Será que investigadores são tão desimportantes que merecem um ambiente assim, ou só vivem ocupados demais para tomar alguma providência?*

O homem deixou o olhar recair sobre as janelas estreitas que ocupavam a parede lateral do recinto. Perto do canto, viu uma gavinha de hera crescendo pela fresta entre o batente e a janela suja, por onde entrava a luz amarelada de um poste da rua.

— Olha só, se não é meu paspalhão favorito! — exclamou uma voz.

Larson reprimiu um grunhido. Deveria ter ido para casa.

— Delegado — cumprimentou ele.

O delegado Monahan avançou por entre as mesas vazias, franzindo o nariz quando passou pela nojeira monumental do investigador Powell.

— Que fedor é esse? — perguntou ele, olhando para a pilha de papelada e embalagens de comida vazias.

— Não sei. Nem *quero* saber — disparou Larson.

Da sua mesa, o escritório cheirava a desinfetante. Seu parceiro, o investigador Roberts — cuja mesa ficava de frente para o território organizado de Larson —, espirrava o produto incessantemente para mascarar o cheiro podre que vinha da mesa de Powell.

O delegado apoiou o pé numa cadeira vazia próxima à de Larson. Estendeu um envelope, mas o investigador só o encarou. Tinha a forte suspeita de que não gostaria do conteúdo, então não fez menção de pegar a papelada.

Monahan jogou o envelope na escrivaninha, coberta por um tapetinho verde manchado. O pacote aterrissou ao lado dos lápis recém-apontados de Larson.

— A Aparição de Sutura — anunciou o delegado. — Ninguém mais quer esse caso.

— Eu não quero esse caso — retrucou Larson.

— *Dureza*.

A palavra soou dura de verdade quando o delegado a proferiu. Era um homem baixinho e prematuramente grisalho, mas deixara evidente no começo de sua carreira que a estatura e a cor do cabelo não interferiam em nada em sua habilidade de ser casca-grossa. Não era um homem grande, mas era capaz de fazer o que qualquer grandalhão fazia. E tinha a voz de um gigante, rouca e retumbante, com a qual ninguém queria discutir a menos que fosse extremamente necessário.

Naquele momento, para Larson, era extremamente necessário. Não queria ver o que havia no envelope.

— A Aparição de Sutura é uma lenda urbana — protestou o investigador, ainda sem tocar no envelope, que parecia uma lesma caída ao lado de seu pé apoiado na mesa.

— Não é mais. Não ficou sabendo da última? — questionou o delegado, sem disposição para ouvir chororó.

Larson suspirou. Era impossível não ter ficado sabendo. Estava em todos os noticiários, e a população queria respostas.

Uma adolescente da região, Sarah alguma coisa, desaparecera uma semana antes. Os investigadores responsáveis pelo caso — Larson não era um deles, ainda bem — tinham ouvido o relato de dezenas de testemunhas. Todas alegavam que a menina havia se transformado em sucata diante de seus olhos. As crianças da escola pública local nem sempre eram bastiões da verdade, porém, naquele caso, os relatos tinham sinais de autenticidade, apesar do conteúdo absurdo.

— Fiquei, sim — admitiu Larson.

— Eu sei que não faz sentido. Mas hoje de manhã passamos quase todas as testemunhas por psicólogos, que confirmaram que as crianças acreditam nos próprios relatos. O mesmo vale para quem alega ter visto a Aparição de Sutura.

Larson revirou os olhos.

— Um vulto com um manto perambula pelas ruas... — disse o investigador, a voz bem grave como a de um locutor. No tom normal, acrescentou: — Será que fui dormir e acordei num filme de terror?

O delegado soltou uma risadinha sarcástica pelo nariz e depois indicou o envelope com um movimento do queixo quadrado.

— E você ainda nem viu a melhor parte. Abra — instruiu Monahan.

Larson respirou fundo e tirou os pés da mesa. Deixou a cadeira voltar para o ângulo normal. Ela rangeu de novo, dessa vez mais alto — como se também não tivesse o menor interesse na Aparição de Sutura e quisesse deixar isso bem claro. Larson pegou o envelope e retirou uma pilha de papel de uns três centímetros de grossura. Folheou alguns relatos de testemunhas da aparição. Assim como os das crianças que presenciaram o fim de Sarah, os relatos eram similares entre si, mas com detalhes suficientes para diminuir a possibilidade de ser uma pegadinha.

Segundo as testemunhas, a Aparição de Sutura era um vulto que usava uma espécie de manto, capa ou casaco com capuz. Andava cambaleando, ignorava todas as pessoas, a menos que fosse incomodada, e tinha obsessão por caçambas e lixeiras. Em geral, a aparição era vista arrastando sacos de lixo. Ninguém sabia o que havia dentro deles. O investigador já ouvira tudo aquilo antes. Como a maioria dos colegas, considerava a história uma grande loucura.

Colocando de lado os relatos, Larson folheou os outros papéis que restavam no envelope. Eram relatórios sobre mortes suspeitas.

Ele manteve o rosto neutro enquanto lia, grato pelo chefe não poder ver o calafrio mórbido que tomava seu corpo. A cada descrição, Larson sentia que alguém jogava uma pedra na lagoa de sua vida, o impacto provocando ondas que se moviam na direção de um futuro indesejável.

Larson continuou folheando a papelada.

— Cinco? Cinco corpos ressequidos com... — Ele baixou os olhos e leu as palavras na página de cima: — ..."olhos que sangravam um líquido preto pelas laterais do rosto". Isso de novo?

Aquele tipo de morte não era novidade para Larson, infelizmente. Mas, até então, só ouvira falar de uma vítima. E não sabia que tinha relação com a tal Aparição de Sutura.

O delegado Monahan deu de ombros.

Larson leu os documentos com mais atenção. Duas das vítimas eram homens com antecedentes criminais de se admirar. O investigador reconheceu um deles: tinha colocado o sujeito no xadrez por agressão alguns anos antes. Separou os dois relatórios e apontou para eles, comentando:

— Aposto que esses dois tentaram assaltar a tal aparição.

O delegado, que enfim se sentara na cadeira vazia diante da escrivaninha de Larson, assentiu.

— Concordo — disse ele, depois se inclinou e apontou para uma pilha de fotos que Larson ainda não tinha analisado. — Olhe só isso.

O investigador folheou as imagens obtidas de câmeras de segurança nas redondezas em que a Aparição de Sutura fora avistada. Estreitou os olhos para analisar uma delas, que mostrava a aparição puxando o que parecia o torso de um manequim de uma caçamba.

— Que raios ele está fazendo? — perguntou Larson.

Monahan não respondeu.

O investigador continuou folheando as fotos. Até que parou de novo. Sob o capuz de um longo sobretudo, um grande rosto branco espiava a noite. Larson teve que conter o impulso de se encolher. Queria largar as fotografias e se afastar o máximo possível da escrivaninha. Em vez disso, só encarou o estranho ser e se concentrou em respirar normalmente. Não se deixaria abalar por aquela maluquice, ainda mais na frente do delegado.

O rosto não era um rosto — não um rosto *humano*, pelo menos. Talvez estivesse machucado e coberto por ataduras? Parecia mais uma máscara. A face era redonda, e as feições tinham sido desenhadas na superfície branca e curva. Pareciam ter sido feitas com canetinha preta por uma criança.

Larson se forçou a relaxar os ombros, que estavam perto das orelhas. *É só uma máscara idiota*, disse a si mesmo.

Ergueu os olhos para o delegado Monahan.

— Uma máscara? — perguntou Larson.

— Não tenho a mínima ideia.

O investigador encarou o rosto da aparição de novo. Tinha olhos escuros, e um deles parecia cercado por um hematoma. A boca era aterrorizante: tinha dentes faltando e algo preso entre os dentes remanescentes. Aquilo nos cantos da boca... era sangue?

— A gente encontrou outro registro compatível — anunciou o delegado, mordendo os lábios para conter um sorriso.

Adorava soltar informações bombásticas.

— Compatível com o quê? Com *isso*? — questionou Larson, apontando para o rosto esquisito na imagem borrada.

O delegado assentiu e acrescentou:

— E você não vai acreditar quando eu te contar onde.

1ª edição	MARÇO DE 2024
reimpressão	JULHO DE 2025
impressão	LIS GRÁFICA
papel de miolo	PÓLEN BOLD 70 G/M²
papel de capa	CARTÃO SUPREMO ALTA ALVURA 250 G/M²
tipografia	BEMBO